U0554695

私の文集

萧红

萧红

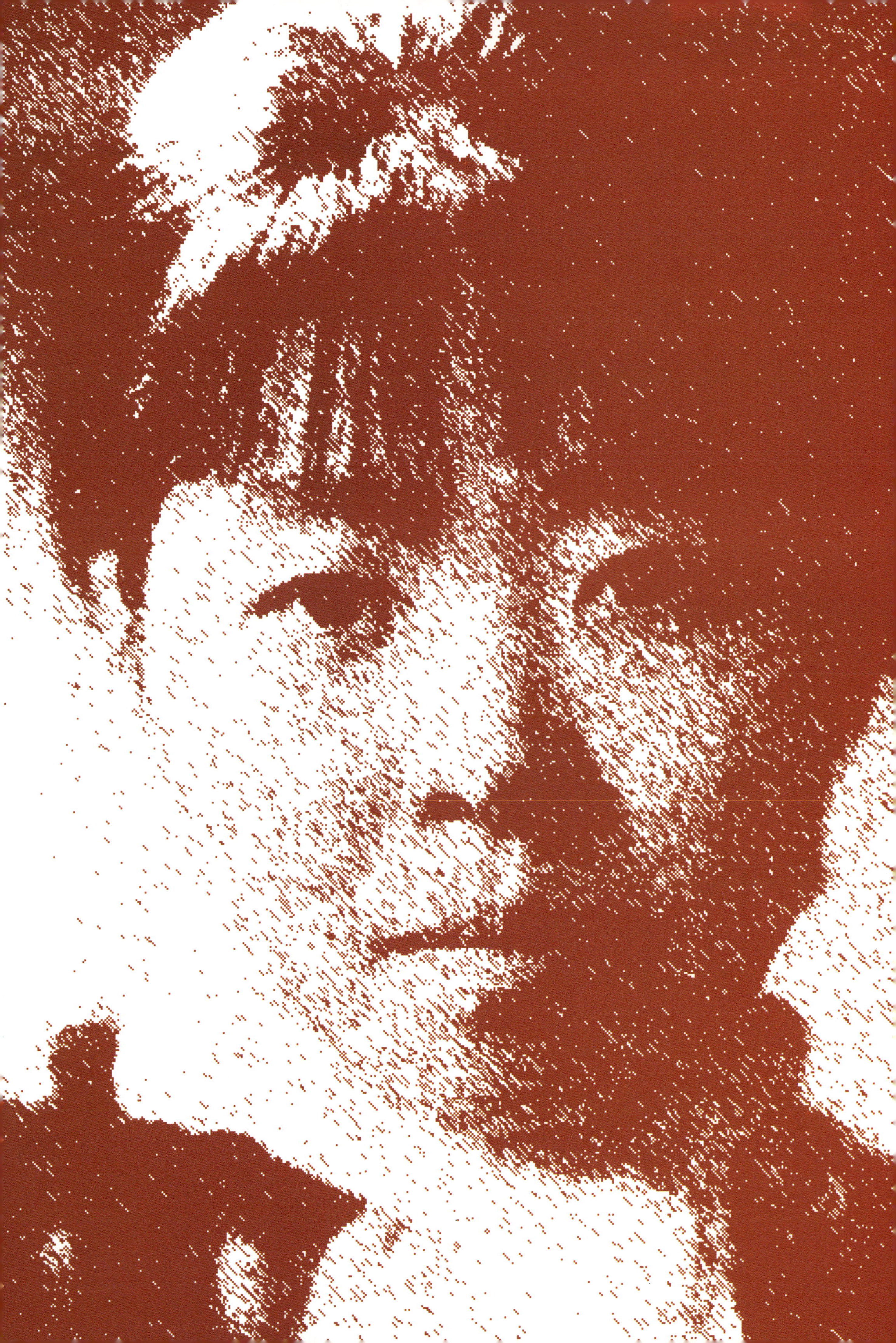

萧红自集诗稿

萧红 著
北京鲁迅博物馆 编

北京出版集团公司
北京出版社

目录

萧红诗稿出版说明

黄乔生

《萧红自集诗稿》收录的是萧红手抄的自作诗十题六十首，系她一九三九年离开内地到香港前夕，交给鲁迅夫人许广平保管的。

萧红是鲁迅晚年尽心尽力提携的青年作家，她因为个人的原因，在鲁迅生病期间赴日本。鲁迅逝世后不久，萧红回到上海，拜谒了鲁迅墓，写下《拜墓诗——为鲁迅先生》，是手抄稿中的一首。她写道：

……

那天是个半阴的天气，
你死后我第一次来拜访你。

……

我哭着你，
不是哭你，
而是哭着正义。

你的死，
总觉得是带走了正义，
虽然正义并不能被人带走。

我们走出了墓门，
那送着我们的仍是铁钻击打石头的声音，
我不敢去问那石匠，
将来他为着你将刻成怎样的碑文？

鲁迅是萧红的文学导师。鲁迅生命中的最后几年里，萧红是鲁迅家的常客。在感情上，萧红视鲁迅为父亲——不仅仅是象征意义上的『文学之父』。所以，当她因战乱离开内地时，把珍贵物品托付于鲁、许二人。萧红在鲁迅家里找到归宿感，也有了找到知音之感。

鲁迅曾抄录何瓦琴所撰对联『人生得一知己足矣 斯世当以同怀视之』赠给瞿秋白。鲁迅一生交游中以『知己』相许，行诸文字者，似乎只有瞿秋白。此外，他曾赠诗给许广平道：『此中甘苦两心知。』『十年携手』的夫妻，自然是知己了。不过，不能只从文字中找线索。因为文字表达的并非一个人内心的全部。有很多人写过回忆鲁迅的文字，其中不乏自称鲁迅知己者。不消说，对这些文字要有辨别。

有关鲁迅的回忆文章中，萧红的《忆鲁迅先生》堪称杰作，被选入中学语文教科书。萧红与鲁迅的交往历来是热门话题，有些论者甚至把两人的关系与『红颜知己』这个词联系起来。

最了解鲁迅的人是谁？这问题很难回答。鲁迅是个多面体，人们只能根据自己的认识水平去理解。瞿秋白编过一本《鲁迅杂感选集》，写了一篇长序，论述鲁迅的思想转变、阶级立场、社会价值。鲁迅是看到的，也同意发表，应该算是首肯了吧，但却从没有在公开的文字里给予认同和赞扬。李长之写了《鲁迅批判》，洋洋洒洒，自己颇为得意，但鲁迅明确表示了不赞成的态度。鲁迅说：『李长之不相识，只看过他的几篇文章，我觉得他还应一面潜心研究一下；胆子大和胡说乱骂，是相似而实非的。看那《批判》的序文，都是空话，这篇文章也许不能启发我罢。』他还直接回信给李长之，辞谢对方邀请他撰写自传或修改对方所做传记：『但我并不同意于先生的谦虚的提议，因为我对于自己的传记以及批评之类，不大热心，而且回忆和商量起来，也觉得乏味。文章，是总不免有错误或偏见的，即使叫我自己做起对自己的批评来，大约也不免有错误，何况经历全不相同的别人。』

鲁迅虽然不写自传，但作家的创作，从根本上说都是自叙。鲁迅的小说中有鲁迅，散文中有鲁迅，杂文中有鲁迅，诗歌中当然更有鲁迅。同理，萧红回忆鲁迅的文字中，也有萧红本人。读者喜爱萧红的回忆文章，认为萧红把鲁迅写活了，这是不错的，但文章中萧红本人也很生动，与鲁迅共同活跃在一个场域中。这篇文章引起人们的兴趣乃至联想，就可以理解了。

萧红把读者领进鲁迅家门，向读者细致地描绘大陆新村九号客厅、卧室的陈设，院内的草木，介绍鲁迅一家三口生活起居的习惯，鲁迅的饮食爱好、衣着、工作情况及临终前的病容，描述了家属的重负、儿子的顽皮、老保姆的样态。在萧红笔下，鲁迅不仅是一位大文豪，还是一个尊重妻子的好丈夫，一个了解儿子的好父亲，一个辛勤培植晚辈作家的慈祥宽厚的长者。

萧红写鲁迅，隐隐地也受了鲁迅的启发和指导。

鲁迅欣赏萧红的小说《生死场》，为之作序道：『这自然还不过是略图，叙事和写景，胜于人物的描写，然而北方人民的对于生的坚强，对于死的挣扎，却往往已经力透纸背；女性作者的细致的观察和越轨的笔致，又增加了不少明丽和新鲜。精神是健全的，就是深恶文艺和功利有关的人，如果看起来，他不幸得很，他也难免不能毫无所得。』文坛巨擘的引荐，对萧红的成名大有助益。萧红读了鲁迅的评语，一定有得到『知音』的愉快和欣喜。后来写作，自然会继续遵从鲁迅赞赏的这条道路。

鲁迅准确地捕捉到萧红文字的两个特点：『细致的观察』和

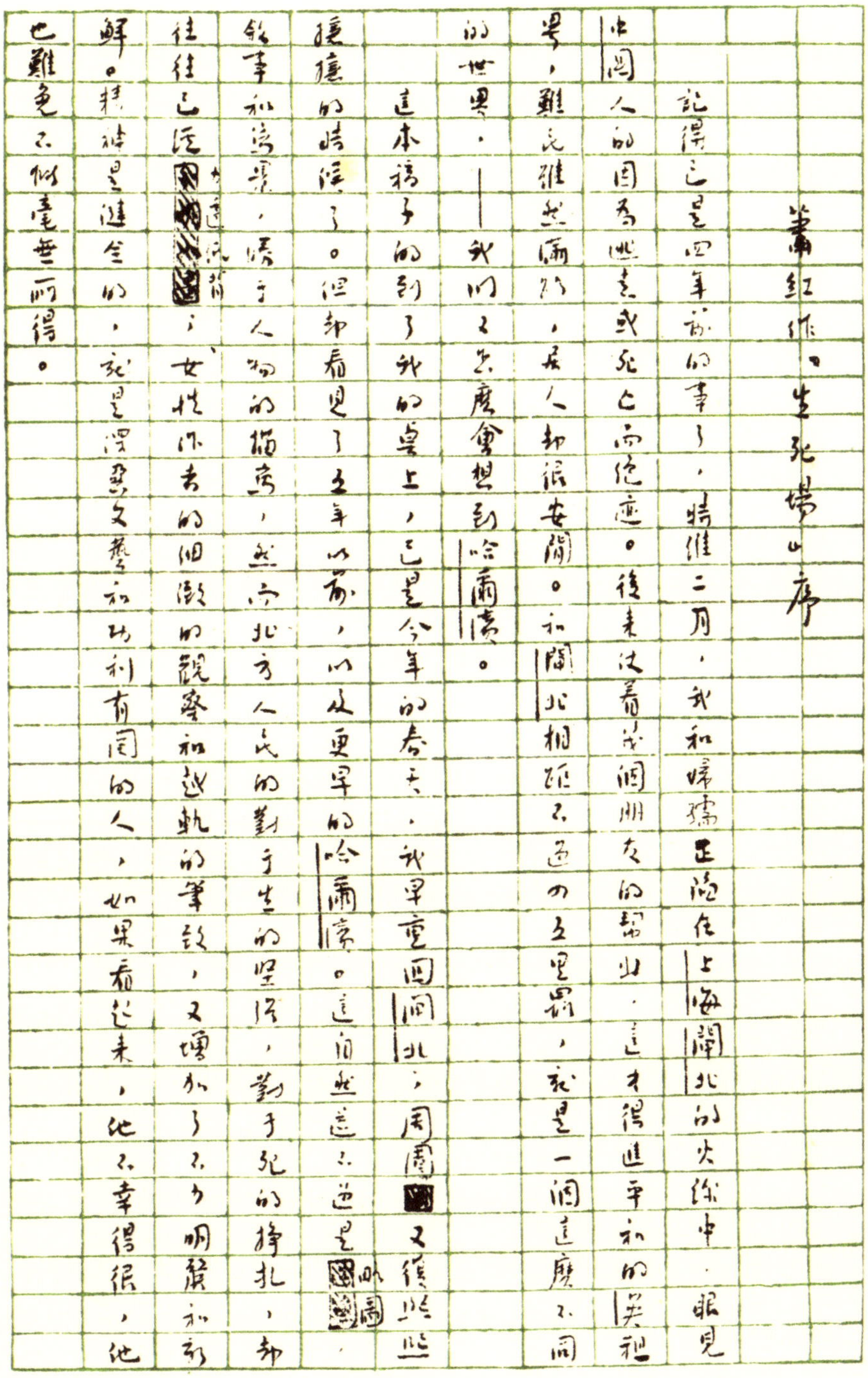

蕭紅作《生死場》序

記得已是四年前的事了，時維二月，我和婦孺正陷在上海閘北的火線中，眼見中國人的因為逃走或死亡而絕跡。後來仗着幾個朋友的幫助，這才得進平和的英租界，難民雖然滿路，居人却很安閑。和閘北相距不過四五里罷，就是一個這麼不同的世界，——我們又怎麼會想到哈爾濱。

這本稿子的到了我的桌上，已是今年的春天，我早重回閘北，周圍又復熙熙攘攘的時候了。但却看見了五年以前，以及更早的哈爾濱。這自然還不過是略圖，敘事和寫景，勝於人物的描寫，然而北方人民的對於生的堅強，對於死的掙扎，却往往已經力透紙背；女性作者的細緻的觀察和越軌的筆致，又增加了不少明麗和新鮮。精神是健全的，就是深惡文藝和功利有關的人，如果看起來，他不幸得很，他也難免不能毫無所得。

鲁迅为萧红《生死场》所作序言（部分）手迹

『越轨的笔致』，而且从总体上说『精神是健全的』。可以拿这些特点来看萧红写的回忆鲁迅的文字。

文章紧抓鲁迅日常生活细节不放，不嫌其散漫乃至琐碎，这样就显得生动有趣，体现了文学性。作者将感情投入到这些印象化的片段中，一边捕捉，一边体味，似乎没有谋篇布局，但读下去，细节逐渐连贯，组成完整画面，让读者体察到鲁迅丰富的个性和十足的人情味。

萧红把鲁迅家作为自己漂泊人生的港湾，一个她可以寻求庇护的安全之所。她童年少年时代没有温馨的家，走上社会后也一直居无定所。而且，她是文学家，自然希望建立自己的『文学之家』——鲁迅的家是一个很好的参照，她得以自由出入，是自以为幸运的。她以一个漂泊者的好奇的温馨的语调叙述鲁迅的家庭生活。她观察这个家庭成员之家的关系，其中最能打动她的是鲁迅父子关系，她用了好几段文字写鲁迅怎样呵护和尊重儿子，这种现代家庭关系一定让她羡慕不已。萧红童年少年时代既没有得到父爱，后来的恋爱和婚姻也不顺利，就是在写作这篇文章时，个人与异性的关系也还处于磨合阶段，充满紧张和矛盾。不过，个人和家庭千差万别。萧红是鲁迅家庭生活的观察者和欣赏者，但却不是追随者。因为这不是她需要的家庭模式。真要她像鲁迅家这样生活，她也许会不耐烦的。鲁迅已经步入老年，精力不济，与年轻人的张扬和激越大不同了。许广平对萧红说，鲁迅在北平时，能够手按着桌子一跃跃过去。英雄暮年，萧红见到的鲁迅病体衰弱，渐渐地竟连吃饭的力气也不足了。萧红笔底满是对这位暮年文豪的爱敬和怜悯。她特别写到鲁迅床边那个画片：

在病中，鲁迅先生不看报，不看书，只是安静地躺着。但有一张小画是鲁迅先生放在床边上不断看着的。

那张画，鲁迅先生未生病时，和许多画一道拿给大家看过的，小得和纸烟包里抽出来的那画片差不多。那上边画着一个穿大长裙子飞散着头发的女人在大风里边跑，在她旁边的地面上还有小小的红玫瑰的花朵。

记得是一张苏联某画家着色的木刻。

鲁迅先生有很多画，为什么只选了这张放在枕边？

许先生告诉我的，她也不知道鲁迅先生为什么常常看这小画。

观察的细致自不必说，笔调也俏皮大胆。为什么贴这样的画片，她已经在猜测了，但却没有明说。与许广平回忆鲁迅的文字不同，萧红作为一个局外人、旁观者，有时反而放得开，能发现身在其中者难以体察的东西，也能说一些当局者不好直说的话。这也可以算是鲁迅所说的『越轨的笔致』吧。

总之，萧红捕捉日常生活细节，随时起兴，看似散漫甚至零碎，最后却把许多印象连贯起来，让鲁迅的个性和周边的环境融合在一起，组成一个完整的鲁迅晚年生活图景，而且将鲁迅坚刚而亲切的形象树立起来。这就是鲁迅所谓的『健全』。正因为有这种总体上的健全，这篇回忆录才脍炙人口。

了解鲁迅对萧红的期许，又了解萧红对鲁迅的观察和描述，再来看萧红这些诗稿，有助于加深对萧红生平创作的理解。

萧红手抄诗稿六十首的具体篇目是：《可纪念的枫叶》、《偶然想起》、《静》、《栽花》、《公园》、《春曲》（六首）、《苦杯》（十一首）、《沙粒》（三十六首）、《拜墓诗》、《一粒土泥》。有些作品萧红生前曾发表在报刊上，如《春曲》，有些作品如《苦杯》则从未发表过。

最早的《春曲》写她的初恋，最后的《一粒土泥》悼念亡友。其中有颇多遭到感情挫折后的哀伤和叹息，表达一位多愁善感才华横溢的女性的委曲细腻的感情。

对爱的呼唤是这些诗最明显的主题，可谓一条主线。萧红渴望并一直在寻找一种和谐美好的亲情和爱情，但不能如愿。初恋是美好的，可惜十分短暂：

只有爱的踟蹰美丽，
三郎，我并不是残忍，
只喜欢看你立起来又坐下，
坐下又立起，
这其间，
正有说不出的风月。
——《春曲（四）》

但更多的是失恋的苦酒。《苦杯》里满是她与情人之间的感情波折：

已经不爱我了吧！
尚与我日日争吵，
我的心潮破碎了，
他分明知道，
他又在我浸着毒一般痛苦的心上，
时时踢打。
——《苦杯（四）》

往日的爱人，
为我遮避暴风雨，
而今他变成暴风雨了！
让我怎来抵抗？
敌人的攻击，
爱人的伤悼。
——《苦杯（五）》

我幼时有一个暴虐的父亲，
他和我的父亲一样了！
父亲是我的敌人，
而他不是，
我又怎样来对付他呢？
他说他是我同一战线上的伙伴。
——《苦杯（七）》

我没有家，
我连家乡都没有，
更失去朋友，
只有一个他，
而今他又对我取着这般态度。
——《苦杯（八）》

爱人的粗暴和负心，让萧红痛苦和失望。但毕竟——借用鲁迅的话——萧红自有『明丽和新鲜』，她的感情和思想的维度是宽广的。《苦杯》之后是《沙粒》：

世界那么广大，
而我却把自己的天地布置得这样狭小！
——《沙粒（四）》

走吧！
还是走，
若生了流水一般地命运，
为何又希求着安息！
——《沙粒（十五）》

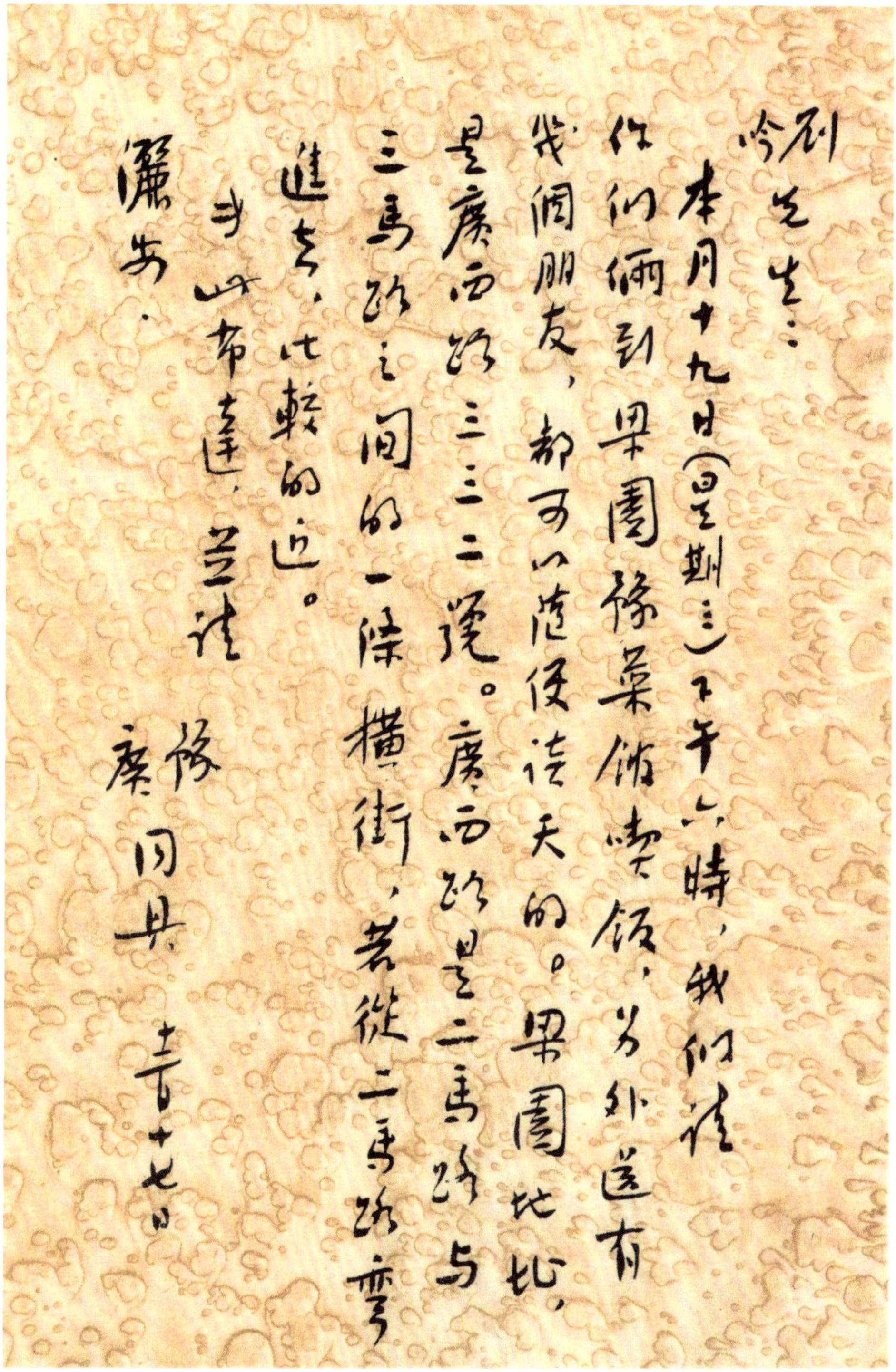
刘
吟先生：
本月十九日（星期三）下午六时，我们请
你们俩到梁园豫菜馆吃饭，另外还有
几个朋友，都可以随便谈天的。梁园地址，
是广西路三三二号。广西路是二马路与
三马路之间的一条横街，若从二马路弯
进去，比较的近。
专此布达，并请
俪安。
豫
广 同具
十二月十七日

鲁迅夫妇致萧军、萧红信手迹

月圆的时候，
可以看到；
月弯的时候，
也可以看到；
但人的灵魂的偏缺，
却永也看不到。
——《沙粒（十九）》

此刻若问我什么最可怕，
我说：
泛滥了的情感最可怕。
——《沙粒（三十一）》

萧红终于是理性的。

萧红研究还有不少空白。文本的研究者总是希望填补这些空白。组诗《沙粒》总共三十八首，其中三十四首曾发表在一九三七年三月十五日出版的《文丛》杂志第一卷第一号上，手抄稿中只有三十六首。两首未抄，四首不发表，萧红的『删诗』之举耐人寻味。从笔迹看，这些诗稿可能是连贯抄成的，因为字迹墨水没有很大的变化，有可能是在日本买的笔记本，回国后在一个相对集中的时段整理抄写的。她将这些诗歌编组命名，视之为成系统的作品，应该有出版的计划。总之，抄稿有助于探索萧红的心路历程。

遗憾的是，萧红短寿，没有来得及写出更大的作品，来表现她在几个大城市里的体验和感悟。手抄诗稿或可视为未来作品的预演和暗示。

结合萧红回忆鲁迅的文章，诗集手稿的最后一首《一粒土泥》的维度就更加宽广了，虽然写的是战友金剑啸，但分明有鲁迅的『知己』瞿秋白的影子。从《回忆鲁迅先生》一文中可知，萧红对鲁迅晚年的一项工作印象很深：

『鲁迅先生必得休息的，』须藤医生这样说的。可是鲁迅先生从此不但没有休息，并且脑子里所想的更多了，要做的事情都像非立刻就做不可，校《海上述林》的校样，印珂勒惠支的画，翻译《死魂灵》下部，刚好了，这些就都一起开始了，还计算着出三十年集（即《鲁迅全集》）。

……

瞿秋白的《海上述林》校样，一九三五年冬，一九三六年的春天，鲁迅先生不断地校着，几十万字的校样，要看三遍，而印刷所送校样来总是十页八页的，并不是统统一道地送来，所以鲁迅先生不断地被这校样催索着，鲁迅先生竟说：

『看吧，一边陪着你们谈话，一边看校样，眼睛可以看，耳朵可以听……』

有时客人来了，一边说着笑话，鲁迅先生一边放下了笔。

有的时候也说：『就剩几个字了……请坐一坐……』

瞿秋白的牺牲对鲁迅刺激很大。鲁迅抱病编校瞿秋白的译文集《海上述林》，也一定跟常来访问的萧红议论过这位才华盖世的青年朋友的遭遇，对他的惨遭杀害表示过极大的惋惜和悲愤。诗的最后十几行显然有为先烈鸣不平之意：

朋友们慌忙的相继而出走，
只把你一个人献给了我们的敌手，
也许临行的时候，
没留给你一言半语；
也许临行的时候，
把你来忘记！

而今你的尸骨是睡在山坡或是洼地？
要想吊你，
也无从吊起！
将来全世界的土地开满了花的时候，
那时候，
我们全要记起，
亡友剑啸，
就是这开花的一粒土泥。

加上倒数第二首悼念鲁迅的《拜墓诗》，真可谓『卒章显志』。萧红的形象变得立体了：她有女性的细致，但不狭小，也不颓废；她不惮于『越轨』，因为她有更深切的关怀；因此，她的『精神是健全的』。

这更证明了鲁迅对萧红的巨大影响。萧红在回忆着鲁迅的回忆，悲哀着鲁迅的悲哀，希望着鲁迅的希望——她确实是鲁迅的『知己』。

此次出版诗集手稿，除影印和释文外，我们特请北京鲁迅博物馆研究馆员姜异新女士撰文解读，以供读者参考。

二〇一七年八月于北京

萧红自集诗稿

萧红

原稿

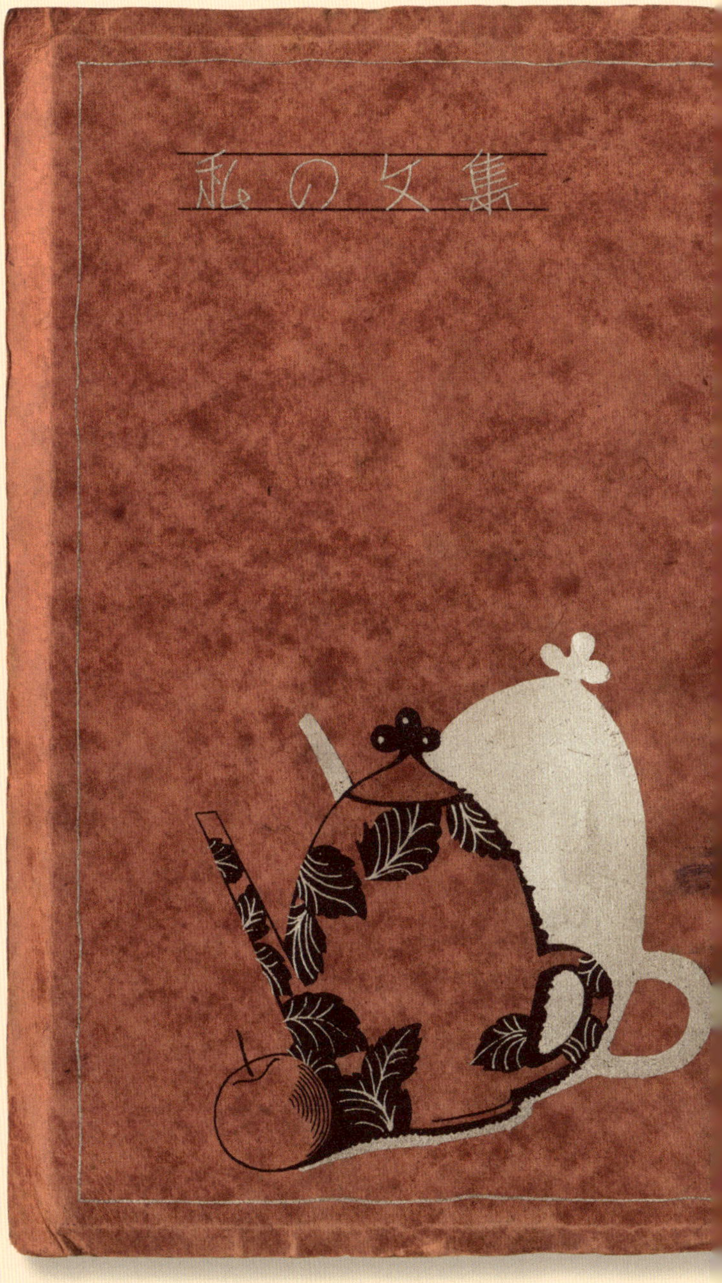
私の文集

10×20

10×20

10×20

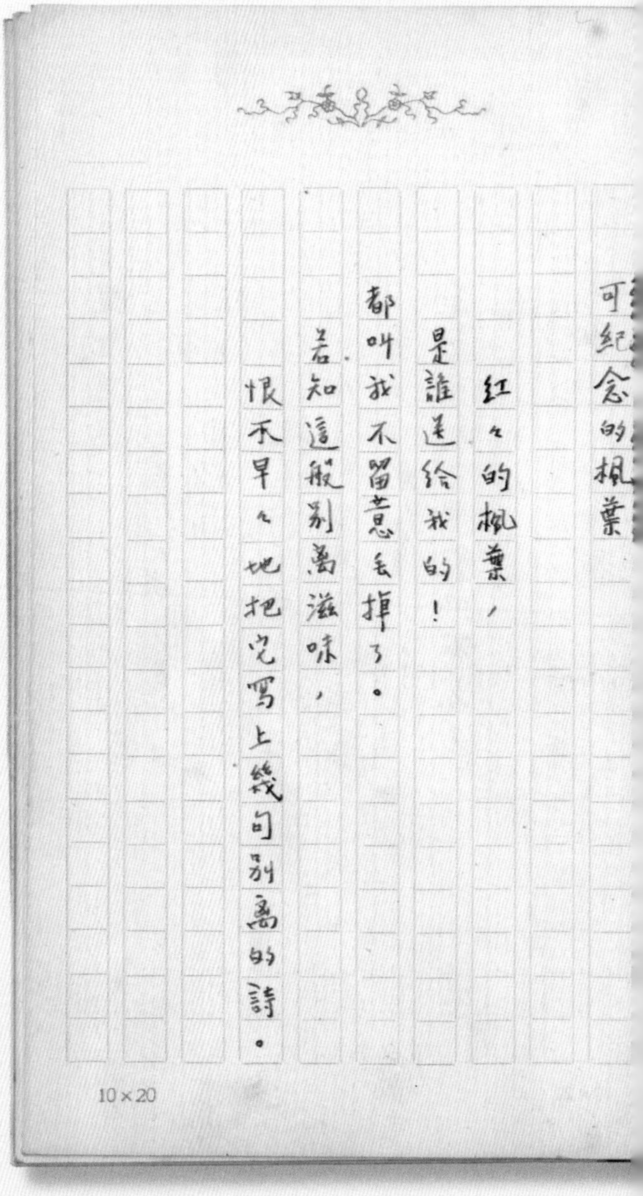

可紀念的楓葉

紅々的楓葉，
是誰送給我的！
都叫我不留意丟掉了。
若知這般別離滋味，
恨不早々地把它寫上幾句別離的詩。

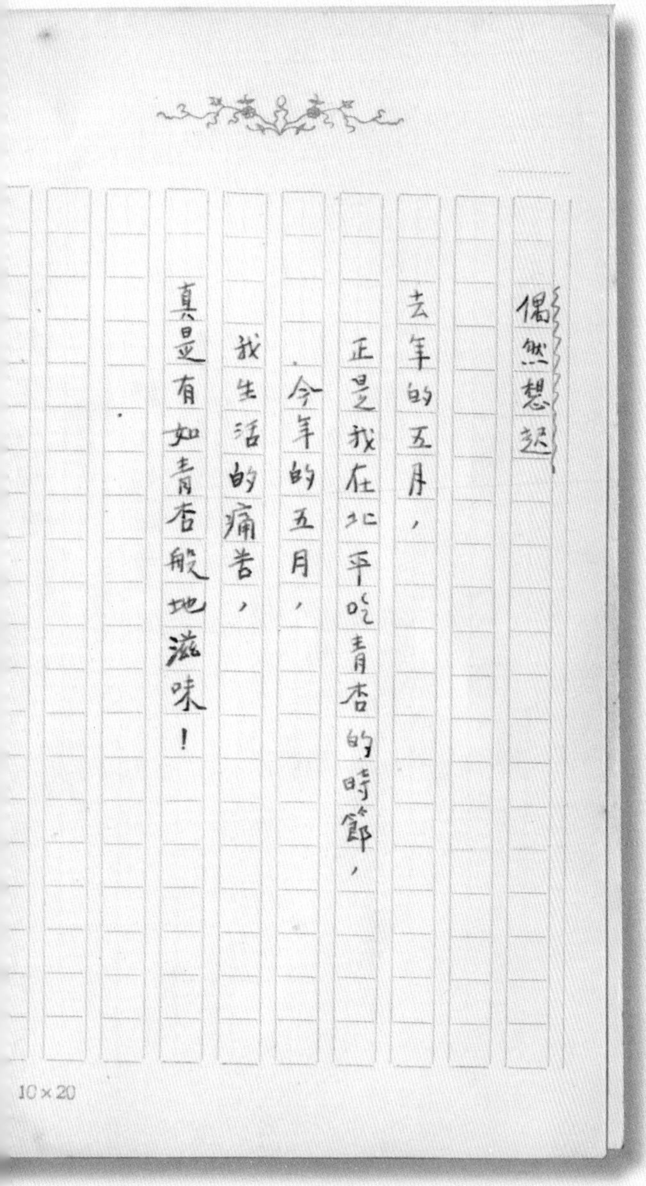

偶然想起

去年的五月，
正是我在北平吃青杏的時節，
今年的五月，
我生活的痛苦，
真是有如青杏般地滋味！

10×20

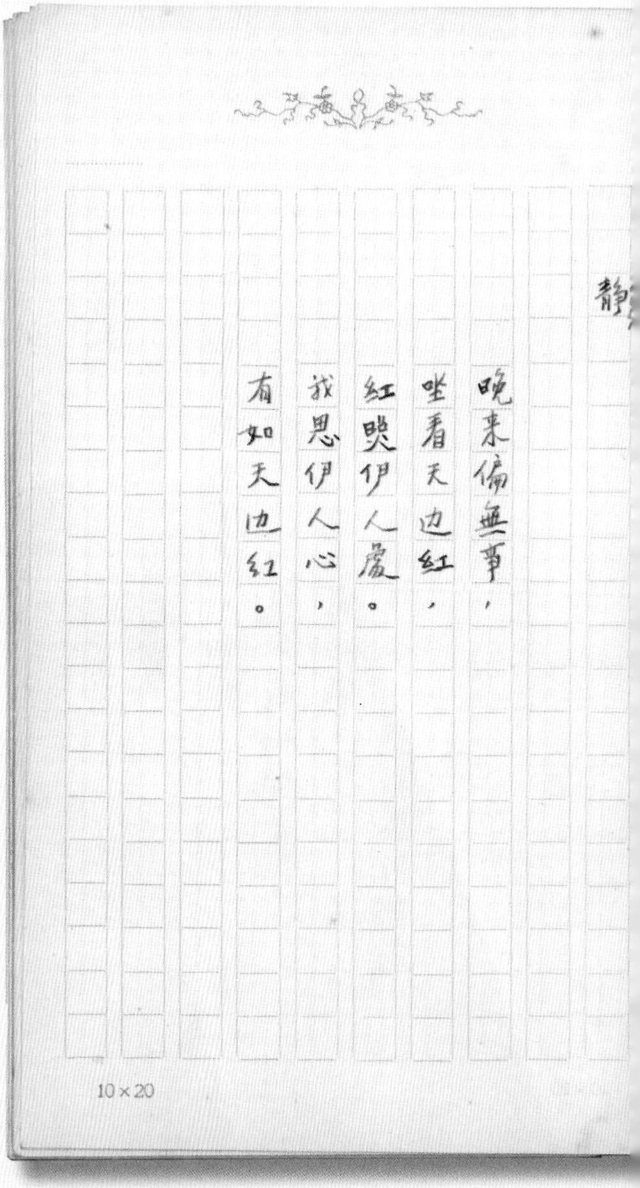
晚来偏無事，
坐看天边紅，
紅映伊人處。
我思伊人心，
有如天边紅。
10×20

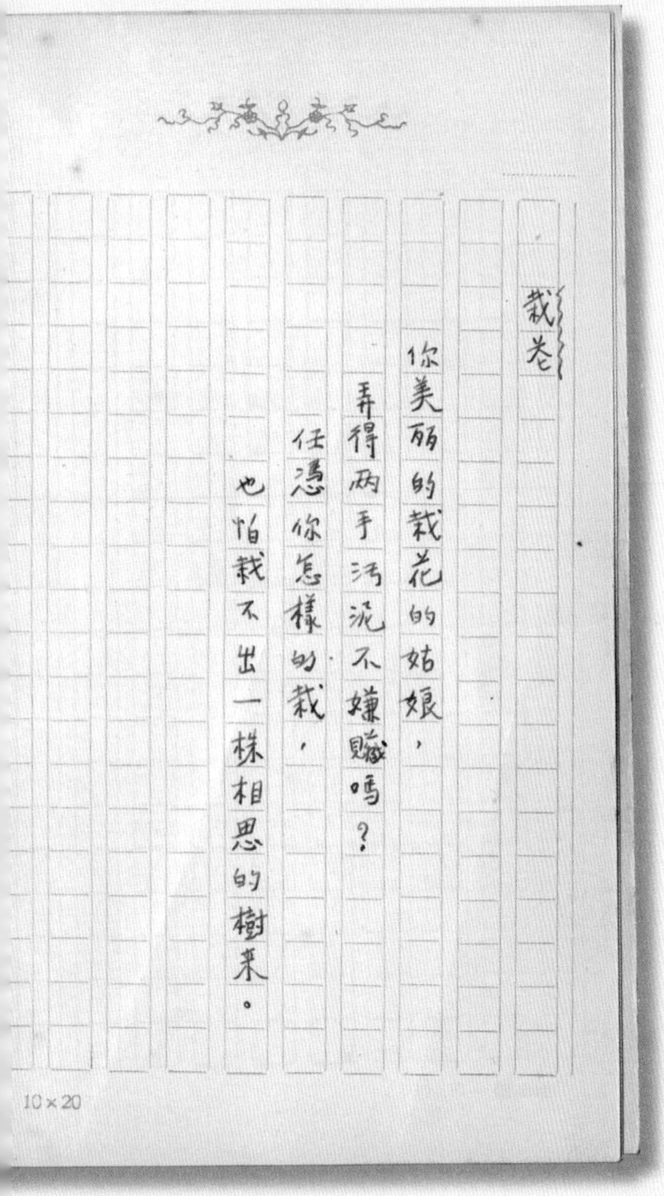

栽卷

你美丽的栽花的姑娘，
弄得两手污泥不嫌髒嗎？
任憑你怎樣的栽，
也怕栽不出一株相思的樹来。

10×20

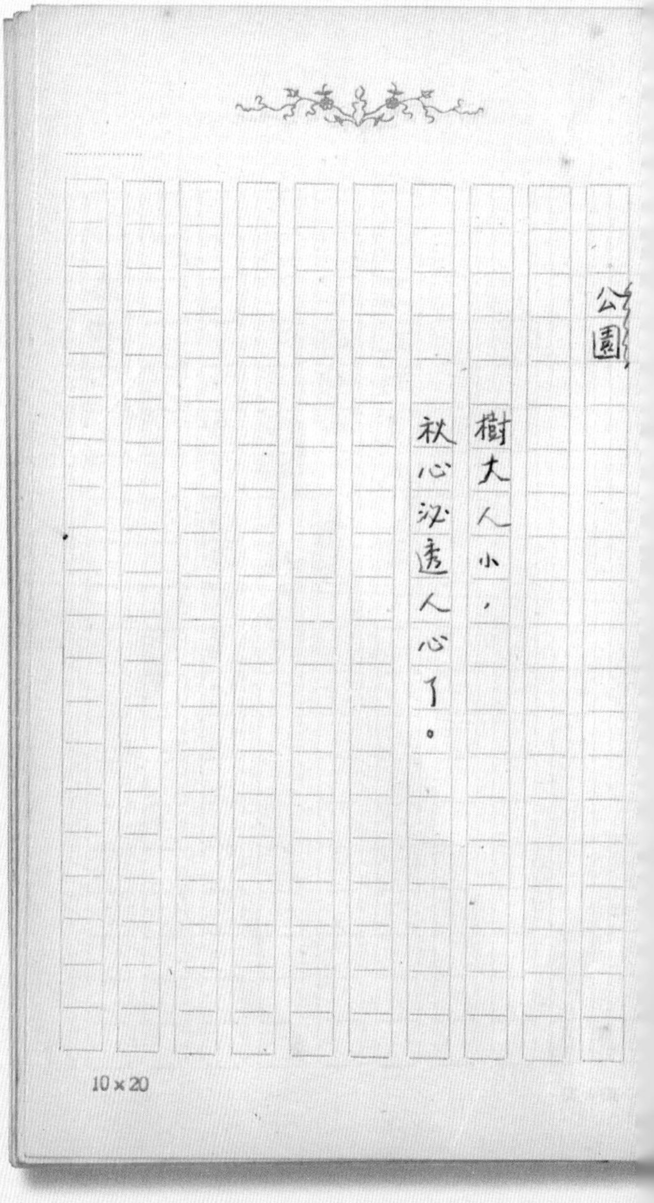
公園
樹大人小，
秋心沁透人心了。
10 × 20

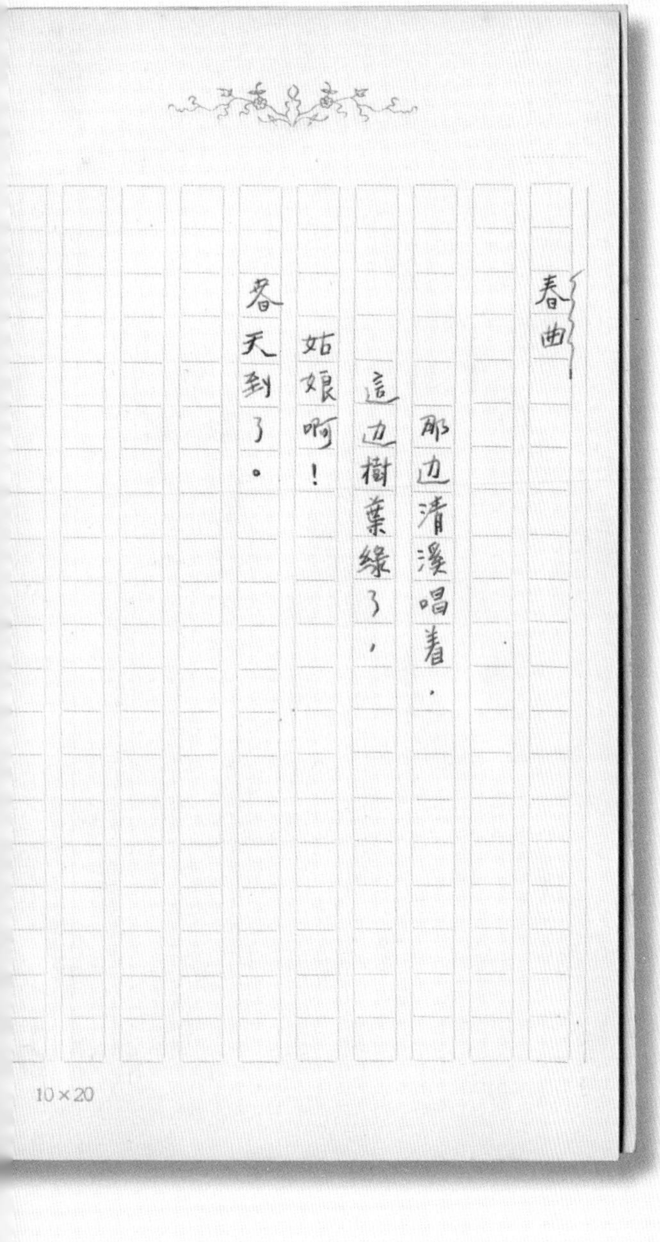
春曲

那边清溪唱着，
這边樹葉綠了，
姑娘啊！
春天到了。

10×20

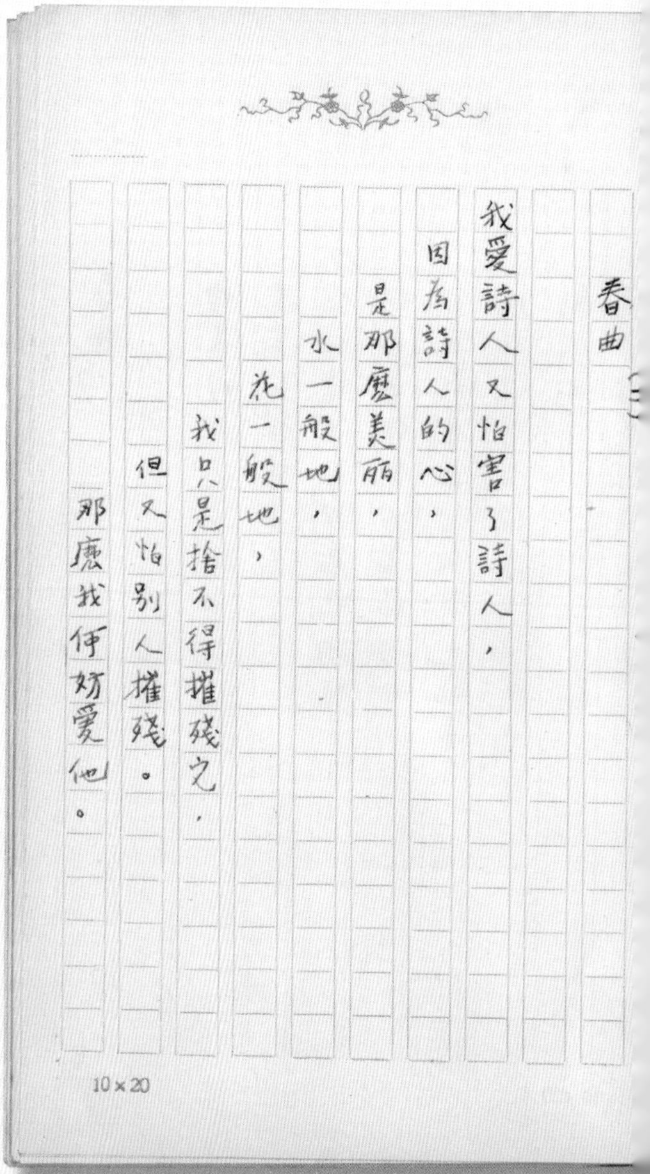

春曲（三

我愛詩人又怕害了詩人，
因為詩人的心，
是那麼美麗，
水一般地，
花一般地，
我只是捨不得摧殘它，
但又怕別人摧殘。
那麼我們好愛他。

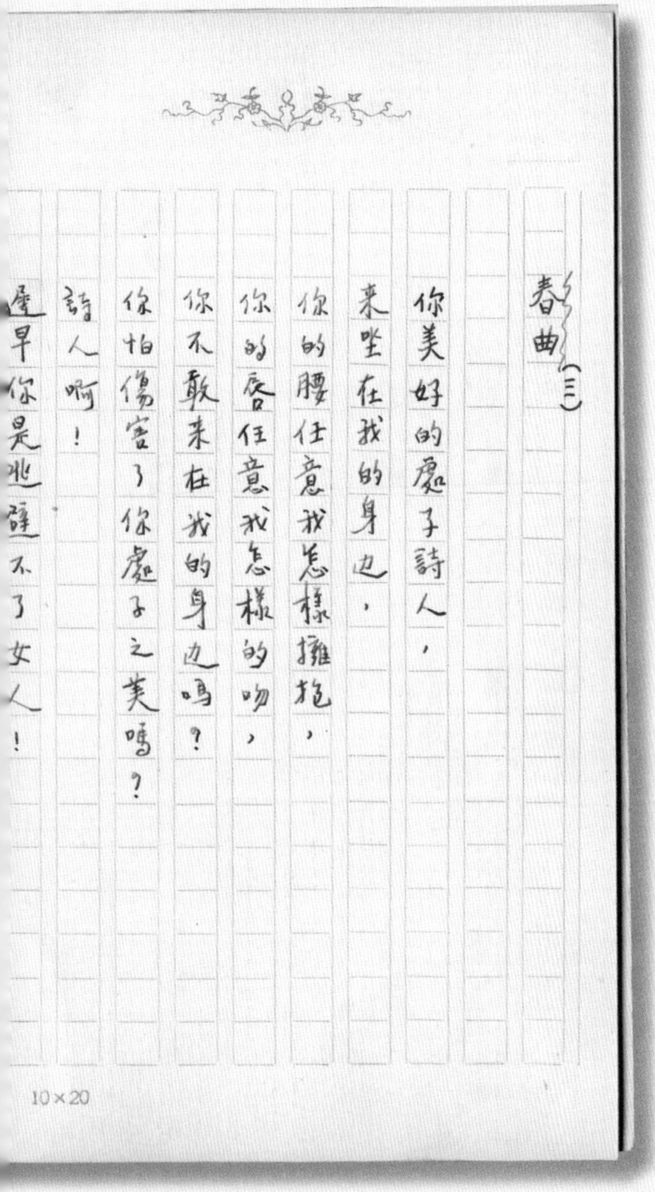
春曲（三）

你美好的處子詩人，
来坐在我的身边，
你的腰任意我怎樣擁抱，
你的唇任意我怎樣的吻，
你不敢来在我的身边嗎？
你怕傷害了你處子之美嗎？
詩人啊！
遲早你是逃避不了女人！

10×20

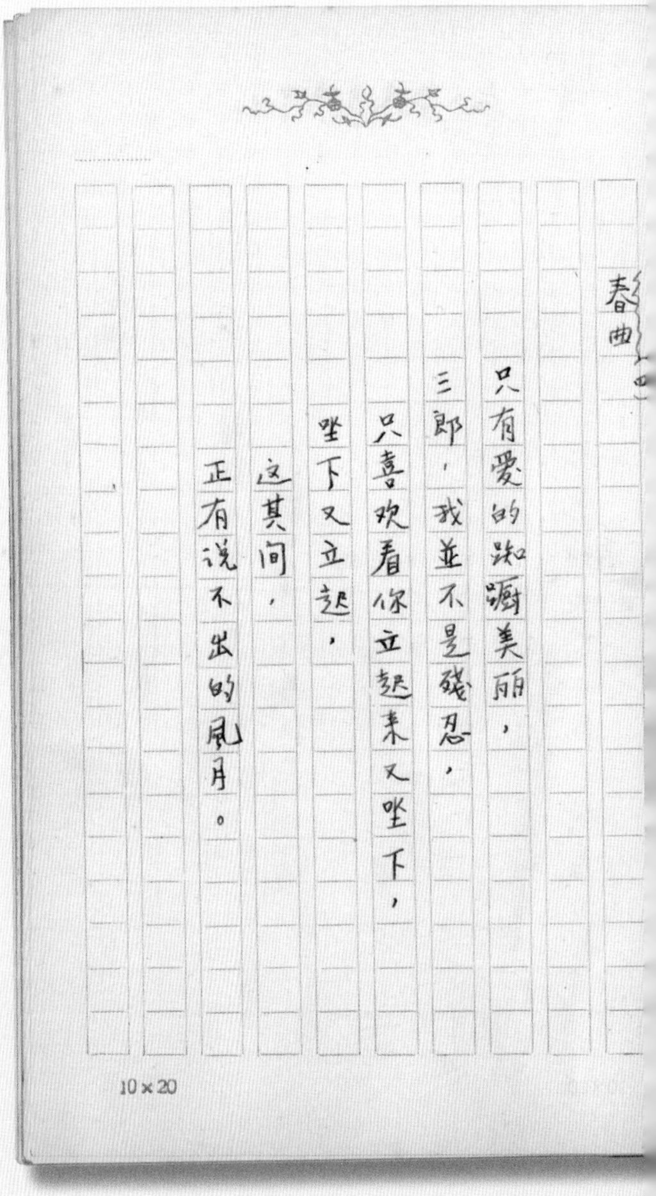

春曲

只有爱的踟蹰美丽，
三郎，我并不是残忍，
只喜欢看你立起来又坐下，
坐下又立起，
这其间，
正有说不出的风月。

10×20

春曲（五）

誰說不怕初恋的軟力！
就是男性怎粗暴，
这一刻兒，
也會娇羞々地，
為什麼我要愛人！
只怕為這一点娇羞吧！
但久恋他就不嬌羞了。

10×20

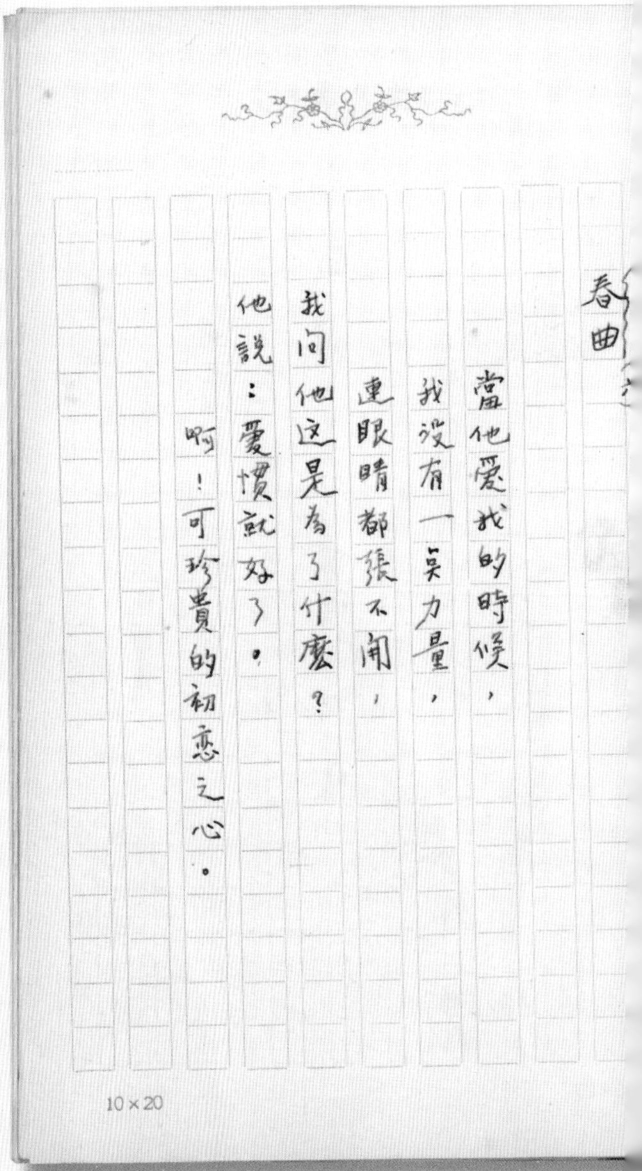
春曲

當他愛我的時候，
我沒有一點力量，
連眼睛都張不開，
我問他這是為了什麼？
他說：愛慣就好了。
啊！可珍貴的初戀之心。

10×20

苦杯（一）

帶着顏色的情詩，
一隻一隻是寫給她的，
像三年前他寫給我的一樣。
也許人人都是一樣！
也許情詩再過三年他又寫給另外一個姑娘！

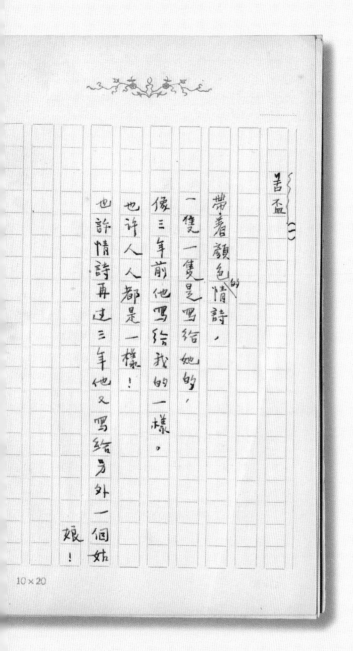

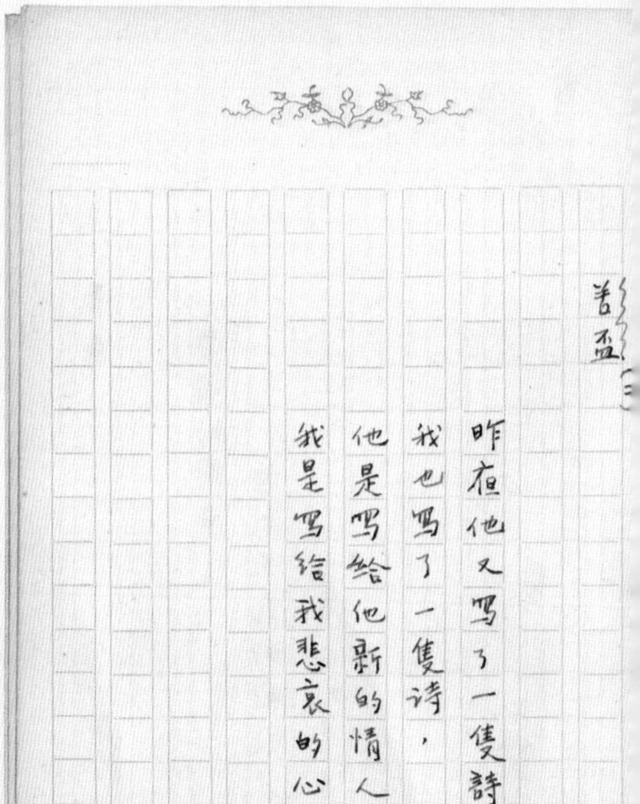
昨夜他又写了一隻詩，
我也写了一隻詩，
他是写给他新的情人的，
我是写给我悲哀的心的。
10×20

苦杯（三）

爱情的账目，
要到失恋的时候才算的，
算也总是不够本的。

10×20

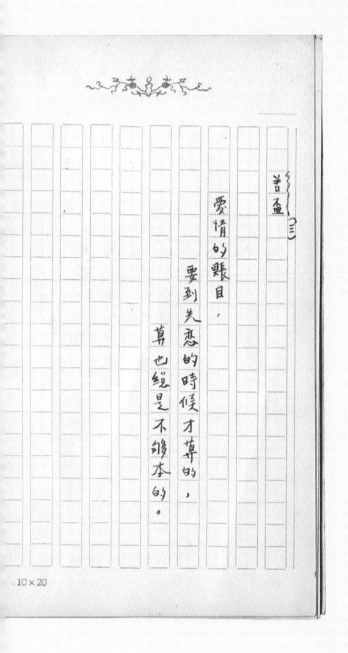

苦盃（四）

已經不愛我了吧！

當向我日日爭吵，

我的心潮破碎了，

他分明知道，

他又在我浸着毒一般痛苦的心上，

時時踢打。

10×20

苦杯（五）

往日的爱人，
为我遮避暴風雨，
而今他变成暴風雨了！
讓我怎来抵抗？
敵人的攻擊，
爱人的傷悼。

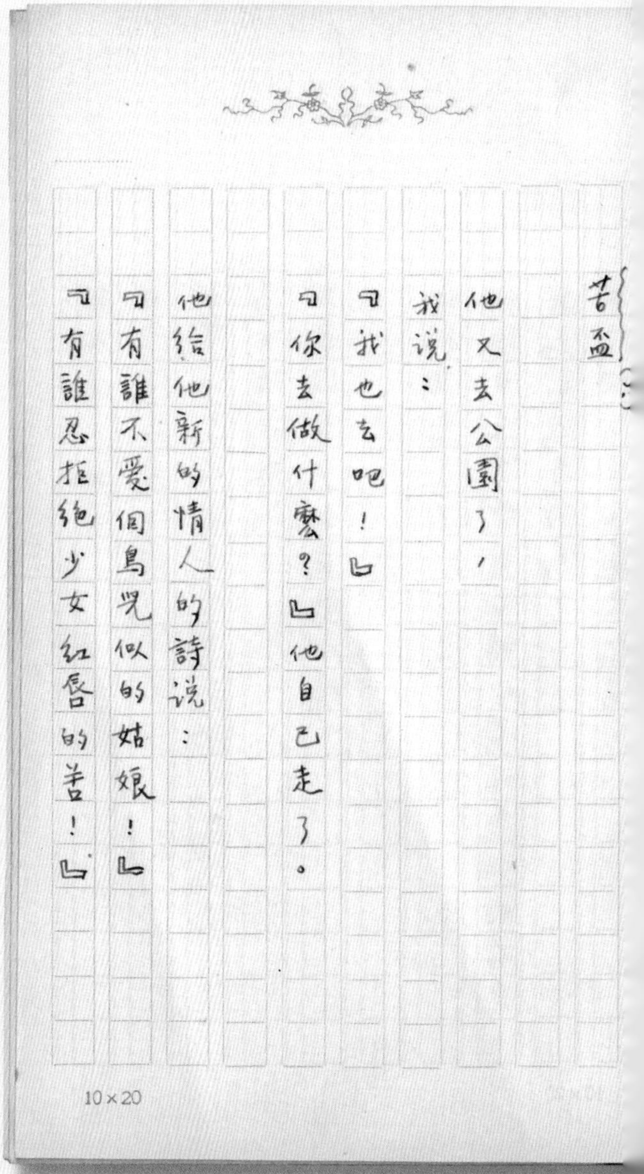

苦盃

他又去公園了，

我說：

「我也去吧！」

「你去做什麼？」他自己走了。

他給他新的情人的詩說：

「有誰不愛個鳥兒似的姑娘！」

「有誰忍拒絕少女紅唇的苦！」

10×20

我不是少女，
我沒有紅唇了，
我穿的是從廚房帶來油污的衣裳。
為生活而流浪，
我更沒有少女美的心腸。

他独自走了，
他独自去享受黃昏時公園裡美丽的時光。
我在家裡等待着，
等待明朝再去買米熬湯。

10×20

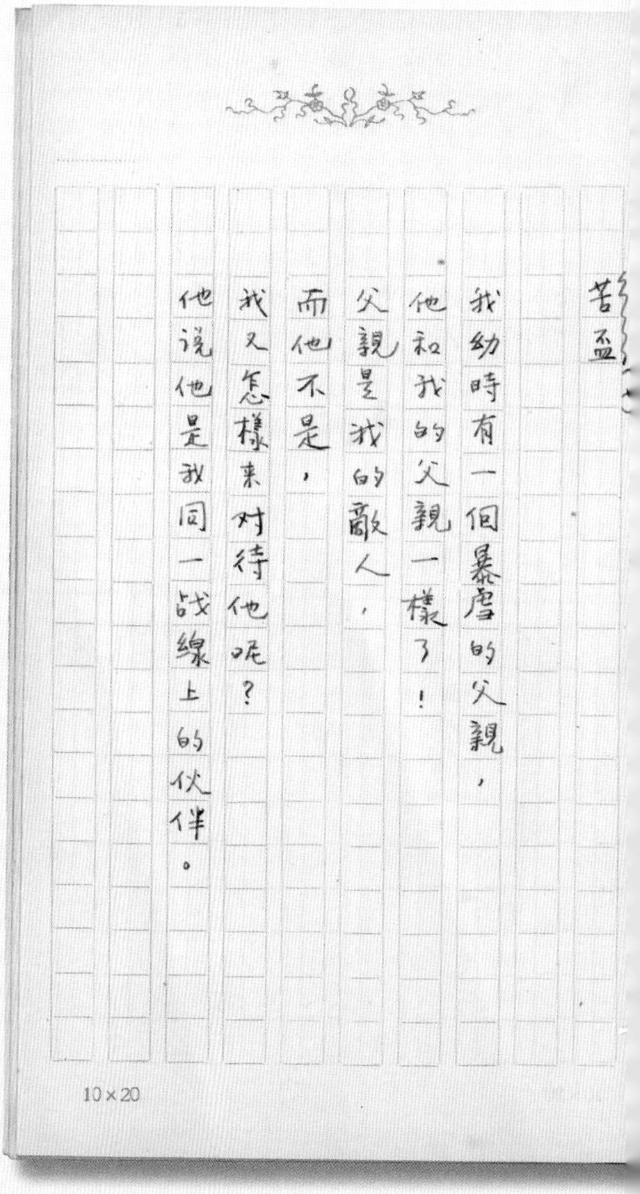

苦盃

我幼時有一個暴虐的父親，
他和我的父親一樣了！
父親是我的敵人，
而他不是，
我又怎樣來对待他呢？
他說他是我同一戰線上的伙伴。

10×20

苦杯（八）

我没有家，

我連家鄉都没有，

更失去朋友，

只有一個他，

而今他又对我取着这般態度。

10×20

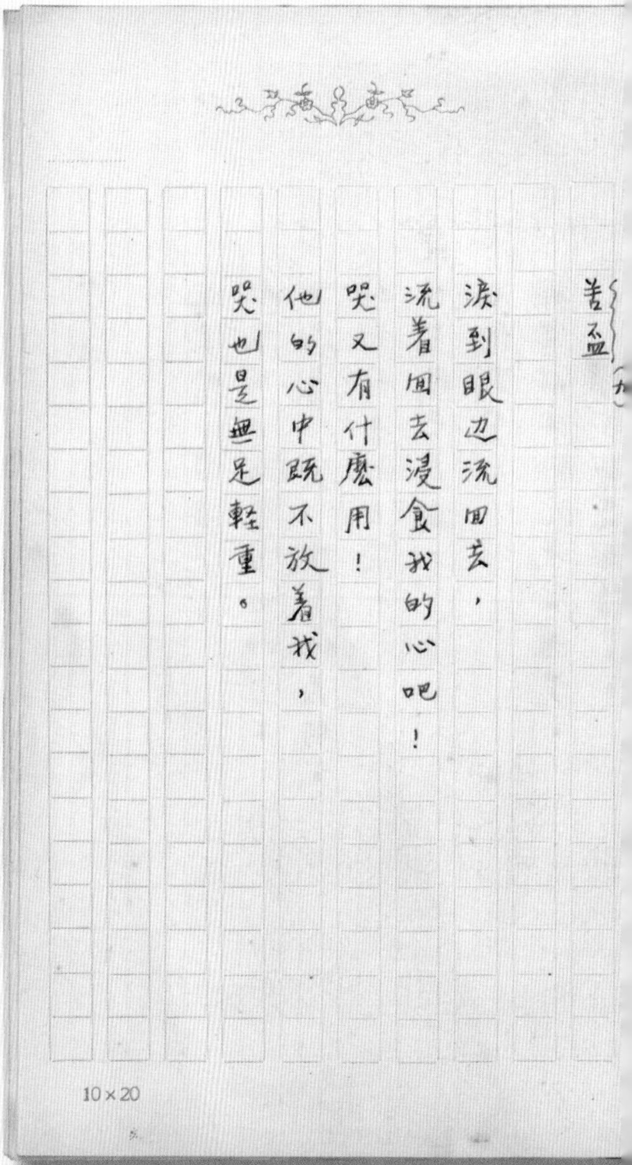

善盈（九）

淚到眼边流回去，
流着回去浸食我的心吧！
哭又有什麼用！
他的心中既不放着我，
哭也是無足輕重。

10×20

苦杯（十）

近來時々想要哭了，
但沒有一個適當的地方；
坐在床上哭，怕是他看到；
跑到廚房裡去哭，
怕是鄰居看到；
在街頭哭，
那些陌生的人更會嘩笑。
人间对我都是無情了。

苦盃

說什麼愛情！

說什麼受難者共同走盡患難的路程！

都成了昨夜的夢，

昨夜的明燈。

10×20

沙粒

一．

七月裡長起來的野菜，
八月裡開花了。
我傷感它們的命運，
我讚嘆它們的勇敢。

二．

我愛鐘樓上的銅鈴，
我也愛屋簷上的麻雀，

10×20

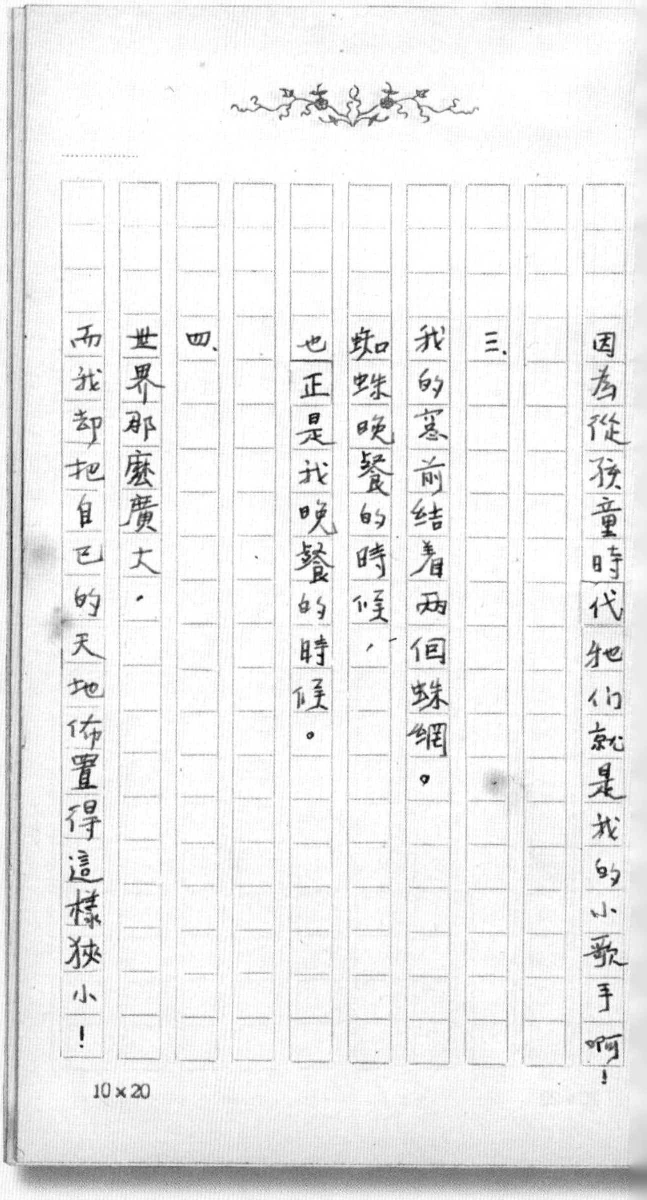

因為從孩童時代牠們就是我的小歌手啊！

三、

我的窗前結着兩個蛛網。
蜘蛛晚餐的時候，
也正是我晚餐的時候。

四、

世界那麼廣大，
而我卻把自己的天地佈置得這樣狹小！

10×20

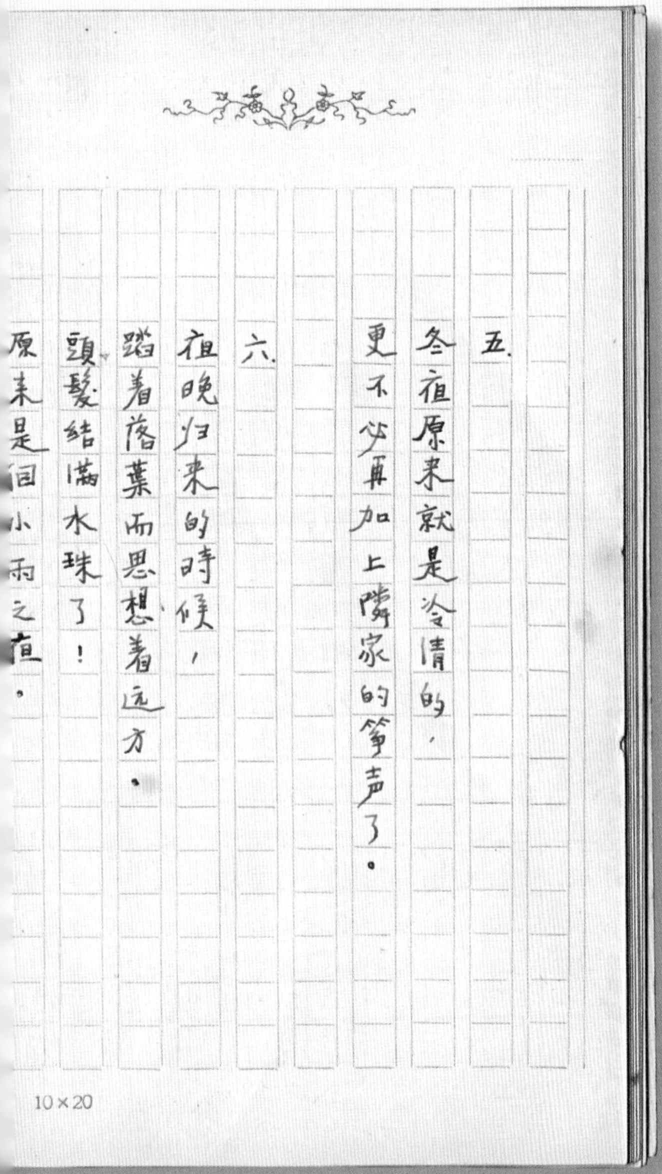

五.

冬夜原来就是冷清的，
更不必再加上隣家的箏声了。

六.

夜晚归来的時候，
踏着落葉而思想着远方。
頭髮結滿水珠了！
原来是個小雨之夜。

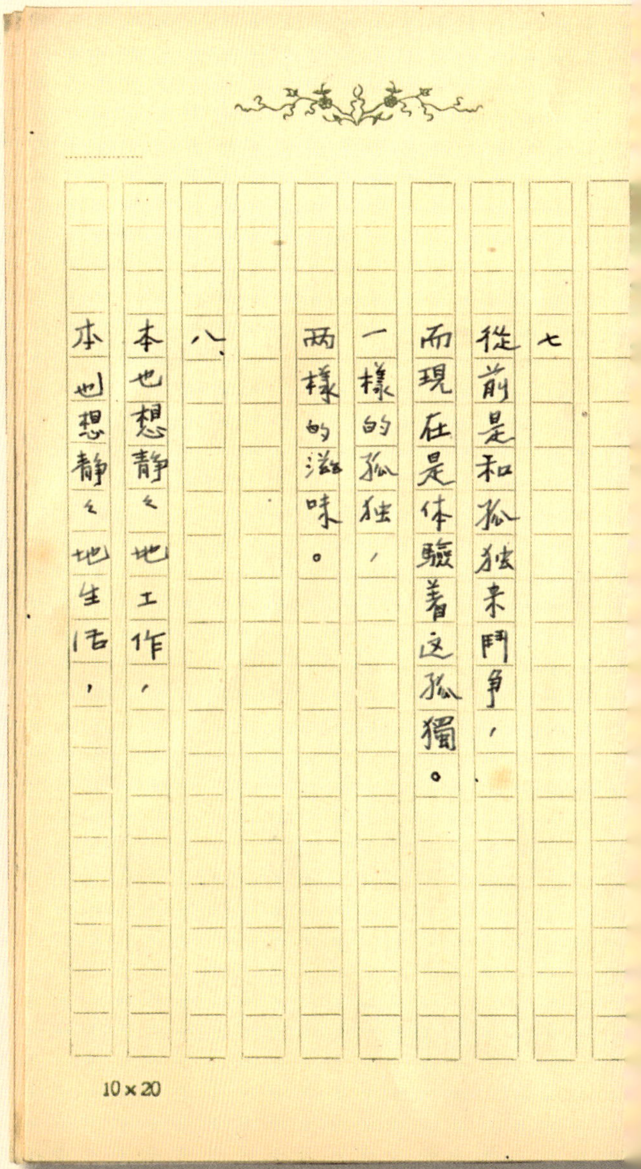

七

從前是和孤独來鬥爭，

而現在是体驗着这孤獨。

一樣的孤独，

兩樣的滋味。

八、

本也想靜々地工作，

本也想靜々地生活，

10×20

但被寂寞燃燒得發狂的時候，

烟，吃吧！

酒，喝吧！

誰人沒有心胸过於狹小的時候。

九、

綠色的海洋，

蓝色的海洋，

我羨慕你的偉大，

我又怕你的驚險。

10×20

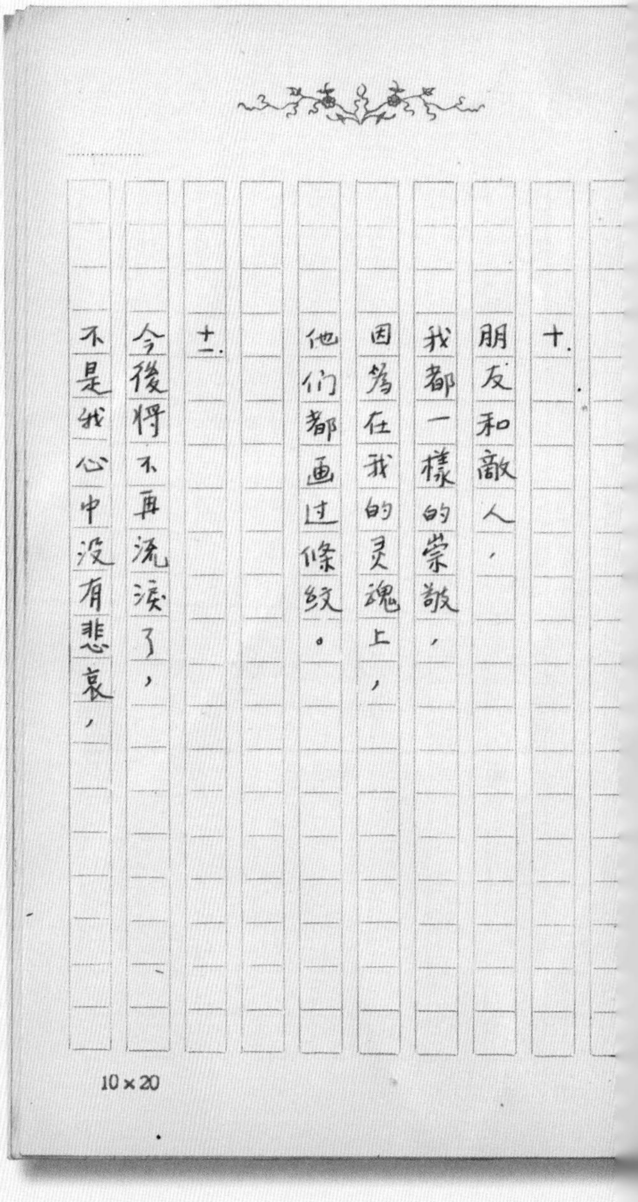

十.

朋友和敵人，

我都一樣的崇敬，

因為在我的灵魂上，

他們都画过條紋。

十一.

今後將不再流淚了，

不是我心中沒有悲哀，

10×20

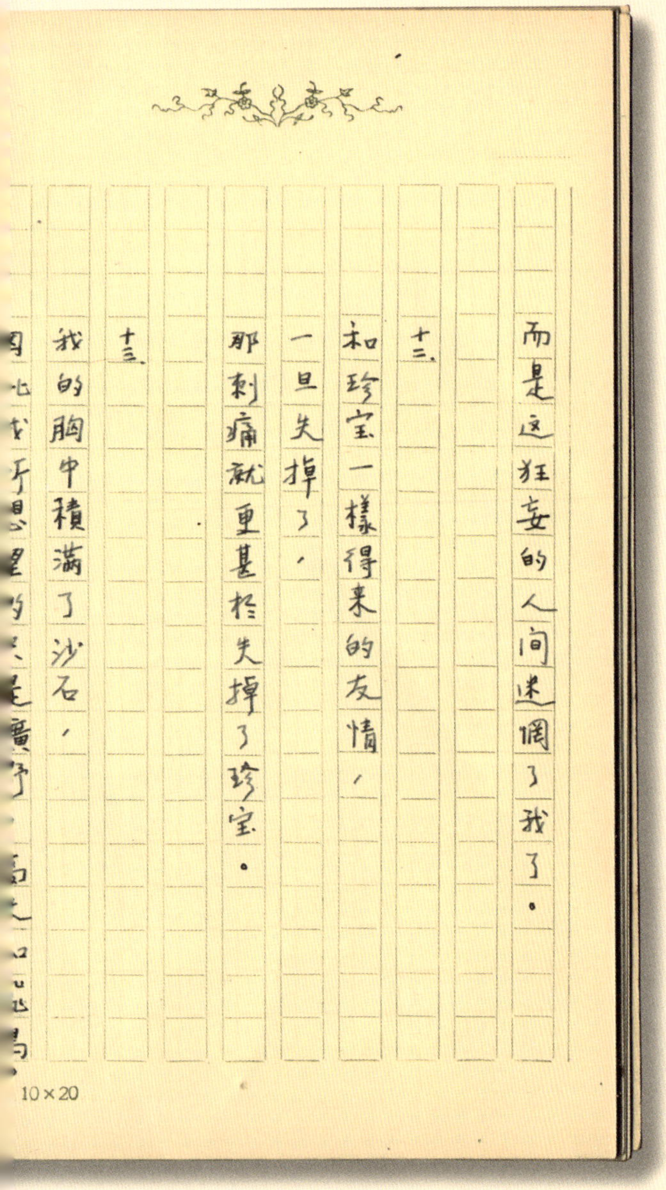

而是这狂妄的人间迷惘了我了。

十二.

和珍宝一樣得来的友情，

一旦失掉了，

那刺痛就更甚於失掉了珍宝。

十三.

我的胸中積滿了沙石，

10×20

十四、
煩惱相同原野上的春草，
生遍我的全身了。
十五、
走吧！
还是走，
若生了流水一般地命運，
為何又希求着安息！
10×20

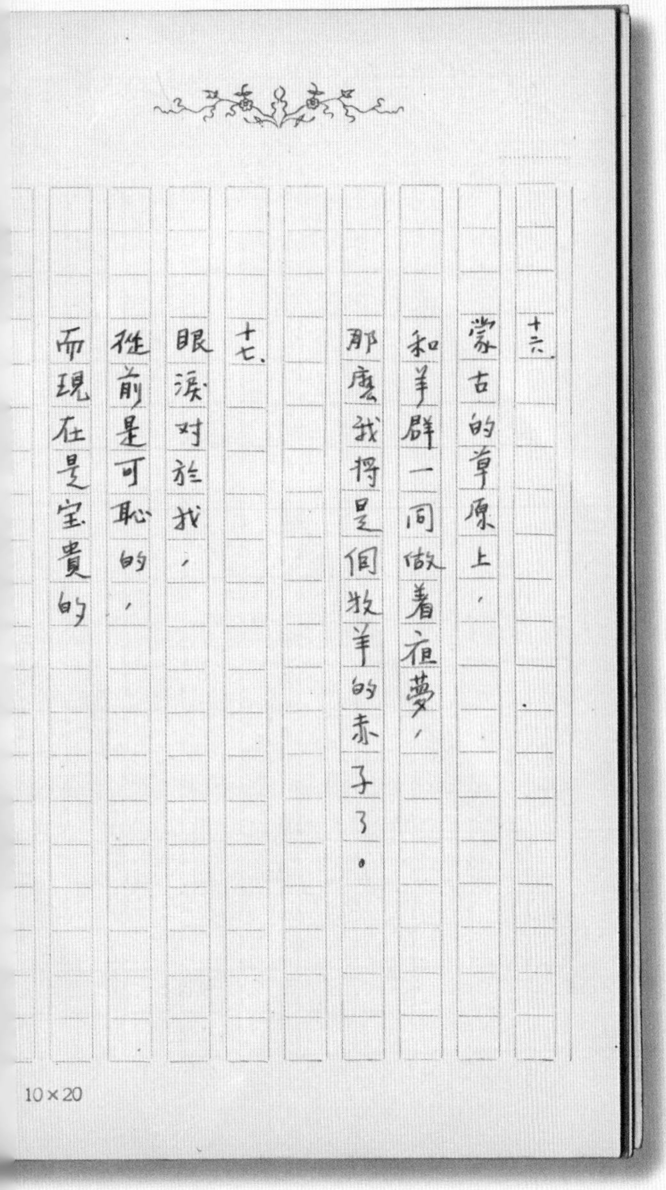

十六.

蒙古的草原上，
和羊群一同做着夜夢，
那麼我將是個牧羊的赤子了。

十七.

眼淚对於我，
從前是可恥的，
而現在是宝貴的

10×20

十八

東京落雪了，

好像看到了千里外的故鄉。

十九

月圓的時候，

可以看到；

月彎的時候，

也可以看到；

但人的靈魂的偏缺，

10×20

却永也看不到。

二十.

生命為什麼不掛着鈴子？

不然丟了你，

怎能感到有所亡失。

二十一.

还沒有走上沙漠，

10×20

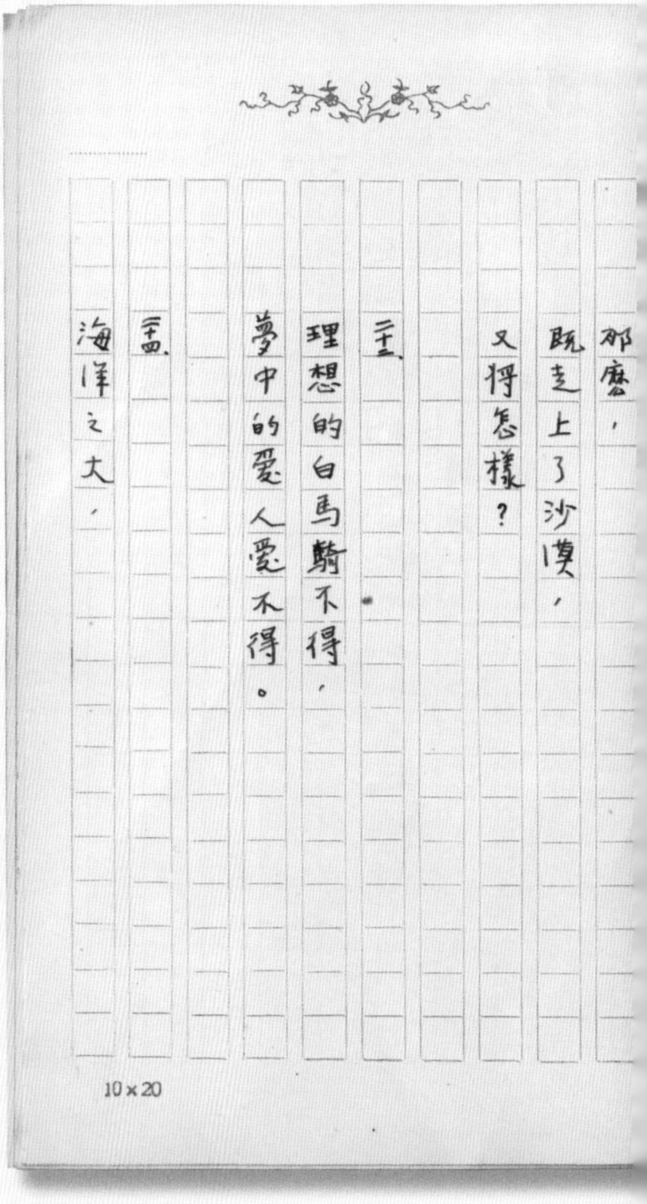

那麼，
既走上了沙漠，
又得怎樣？

二十三.
理想的白馬騎不得，
夢中的愛人愛不得。

二十四.
海洋之大，
10×20

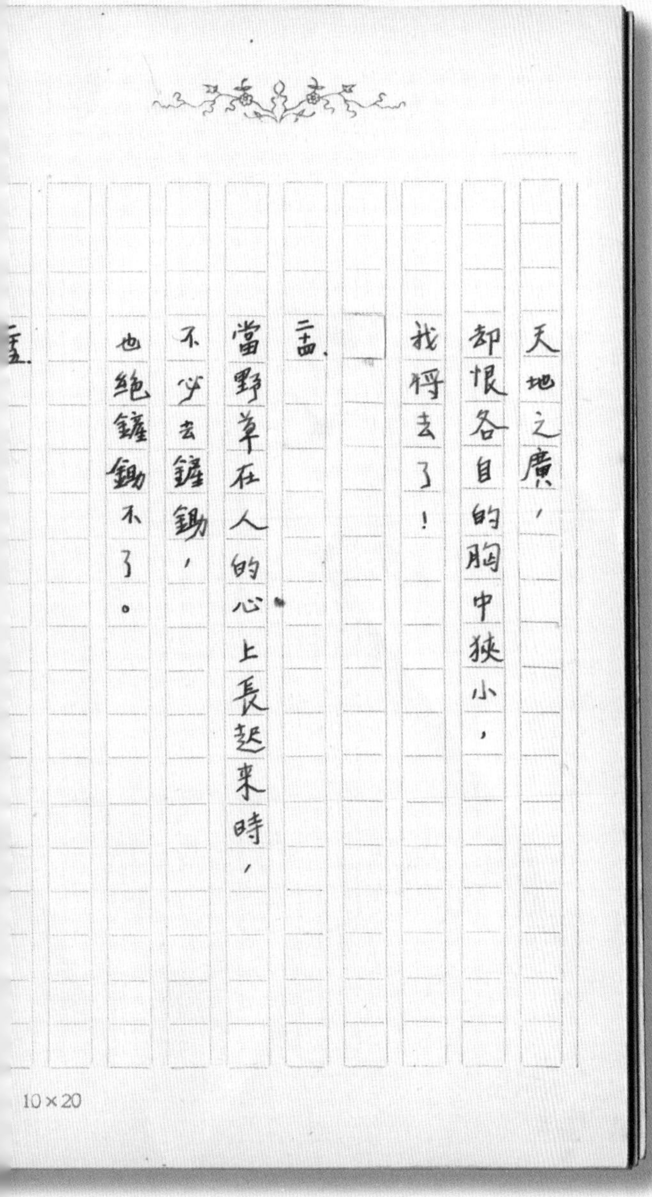
天地之廣，
卻恨各自的胸中狹小，
我將去了！

二十四.
當野草在人的心上長起来時，
不必去鏟鋤，
也絕鏟鋤不了。

二十五.

10×20

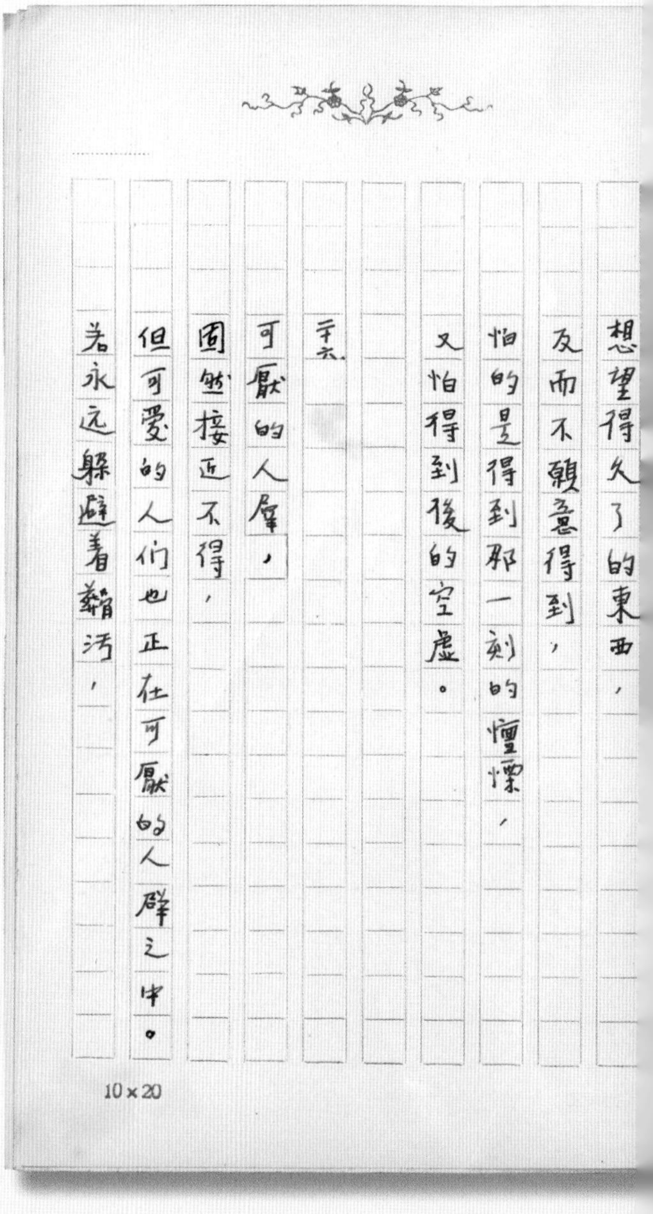
想望得久了的東西，
反而不願意得到，
怕的是得到那一刻的憻慄，
又怕得到後的空虛。

二十六.

可厭的人羣，
固然接近不得，
但可愛的人們也正在可厭的人群之中。
若永遠躲避着齷污，

則又永遠得不到純潔。

二七.

可憐的冬朝，
無酒亦無詩。

二八.

什麼最痛苦？
說不出的痛苦最痛苦。

10×20

二九、
失掉了愛的心核，
相同失掉了星子的天空。

三十、
野犬的心情我不知道，
飛向異鄉去的燕子的心情我不知道。
但自己的心情，
自己卻知道。

10×20

卅一.

此刻若問我什麽最可怕，

我說：

氾濫了的情感最可怕。

卅二.

偶然一開窗子，

看到了樓頭的圓月。

卅三.

10×20

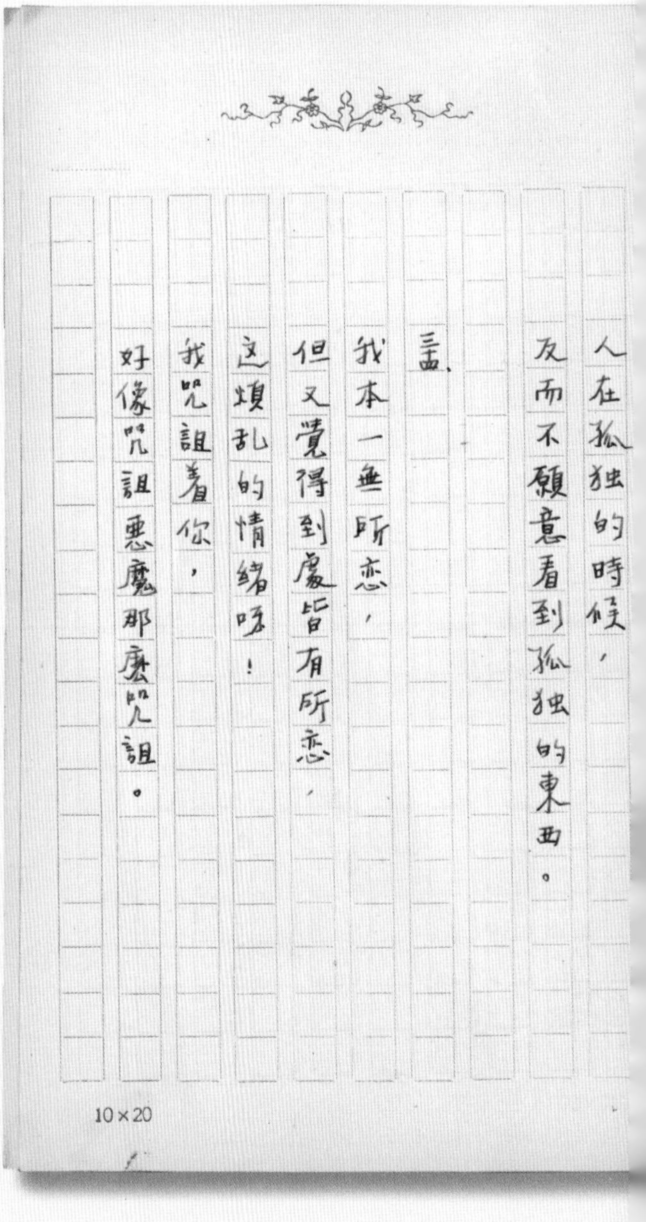
人在孤独的時候，
反而不願意看到孤独的東西。

盂、
我本一無所恋，
但又覺得到處皆有所恋，
这煩乱的情緒呀！
我咒詛着你，
好像咒詛惡魔那麼咒詛。

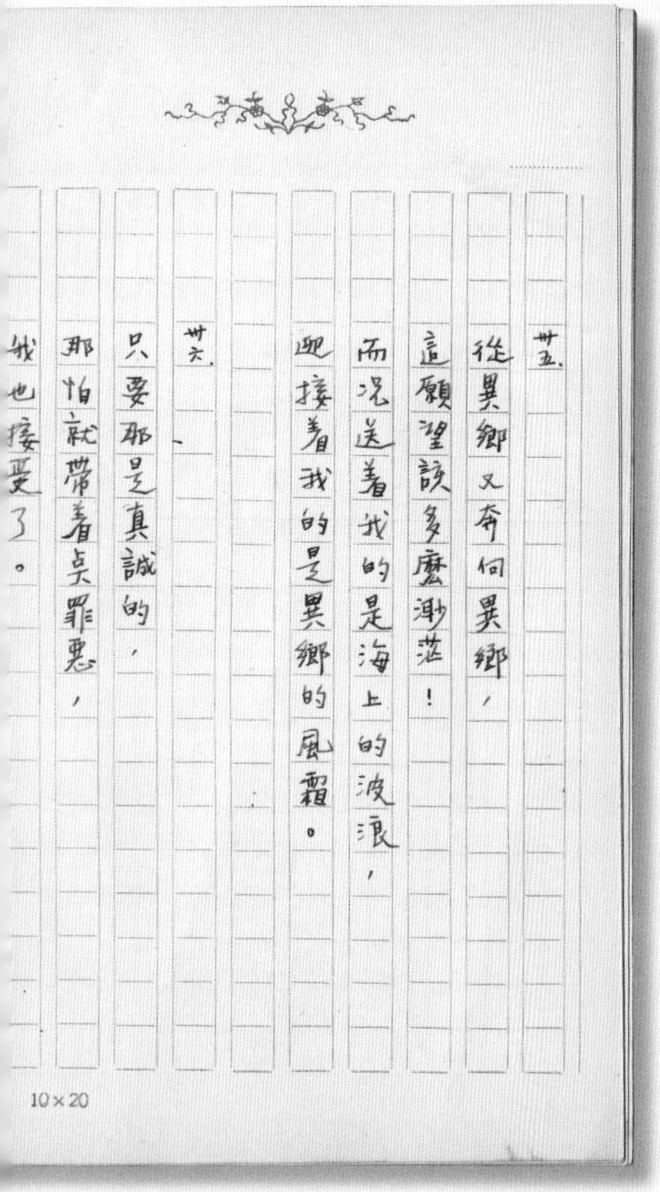
廿五.
從異鄉又奔向異鄉，
這願望該多麼渺茫！
而況送着我的是海上的波浪，
迎接着我的是異鄉的風霜。

廿六.
只要那是真誠的，
那怕就帶着點罪惡，
我也接受了。

10×20

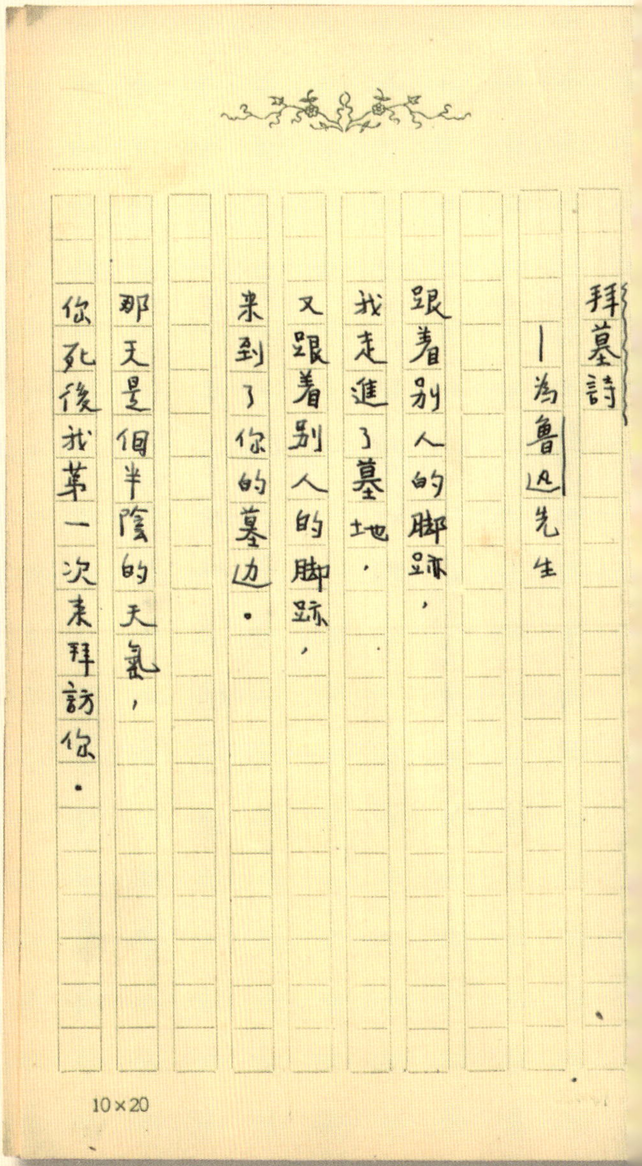

拜墓詩

——為魯迅先生

跟着别人的脚跡，

我走進了墓地，

又跟着别人的脚跡，

来到了你的墓边。

那天是個半陰的天氣，

你死後我第一次来拜訪你。

10×20

我就在你的墓邊豎了一株小小的花草，
但，並不是用以招弔你的亡魂，
只說一声：久違。

我们踏着墓畔的小草，
听着附近的石匠鑽着墓石的声音，
那一刻，
胸中的肺葉跳躍了起来，

10×20

我哭着你，
不是哭你，
而是哭着正義。

你的死，
總覺得是帶走了正義，
虽然正義並不能被人帶走。

我们走出了墓门，
那送着我们的仍是鉄鑽擊打着石頭的声音，

10×20

我不敢去向那石匠，
将来他为着你将刻成怎样的碑文？

10×20

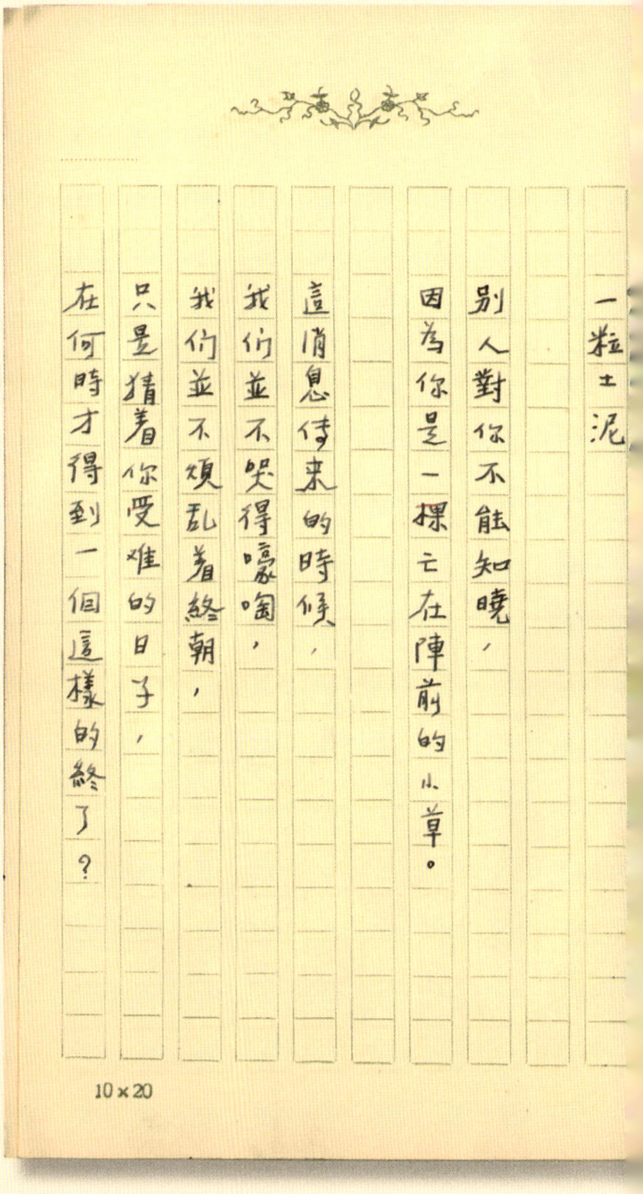

一粒土泥

别人對你不能知曉，
因為你是一棵〻在陣前的小草。

這消息傳來的時候，
我們並不哭得嚎啕，
我們並不煩亂着終朝，
只是猜着你受难的日子，
在何時才得到一個這樣的終了？

10×20

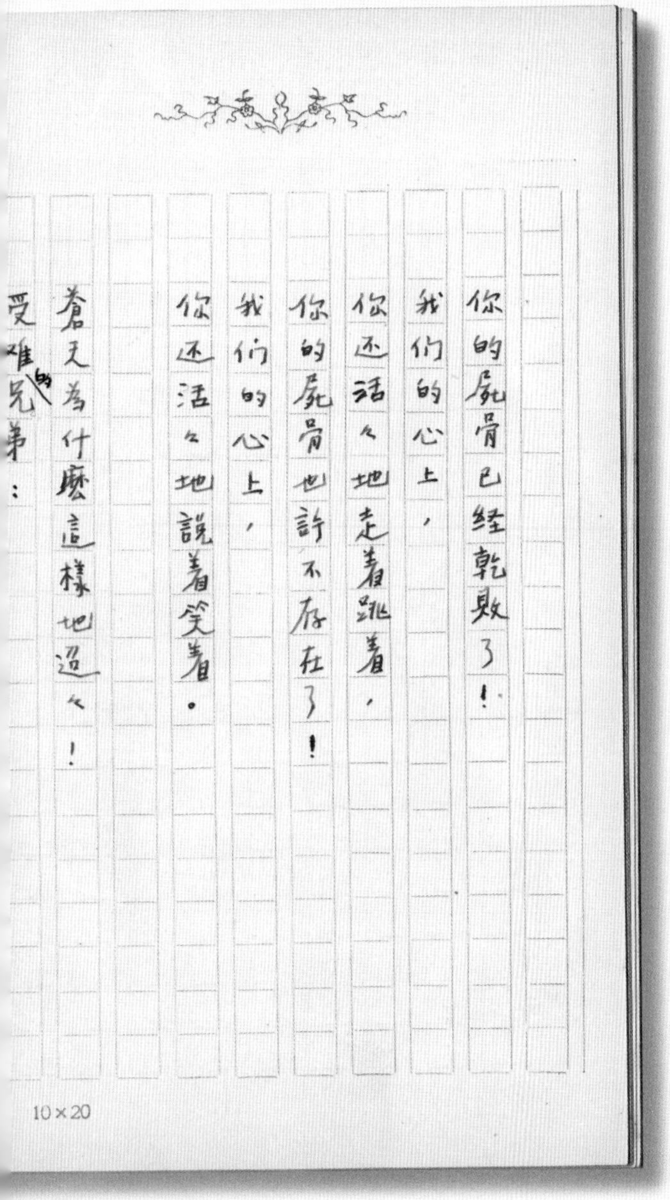

你的屍骨已经乾敗了！

我们的心上，

你还活々地走着跳着，

你的屍骨也許不存在了！

我们的心上，

你还活々地說着笑着。

蒼天為什麼這樣地迢々！

受难的兄弟：

你怎終止了你最後的呼吸？
你沒喝到朋友們端給你的一盃清水，
你沒听到朋友們呼叫一声你的名字，
處理着你的，
完全是出於我們的敵人。

朋友們慌忙的相繼而出走，
只把你一個人獻給了我們的敵手，
也許臨行的時候，
沒留給你一言半語；

10×20

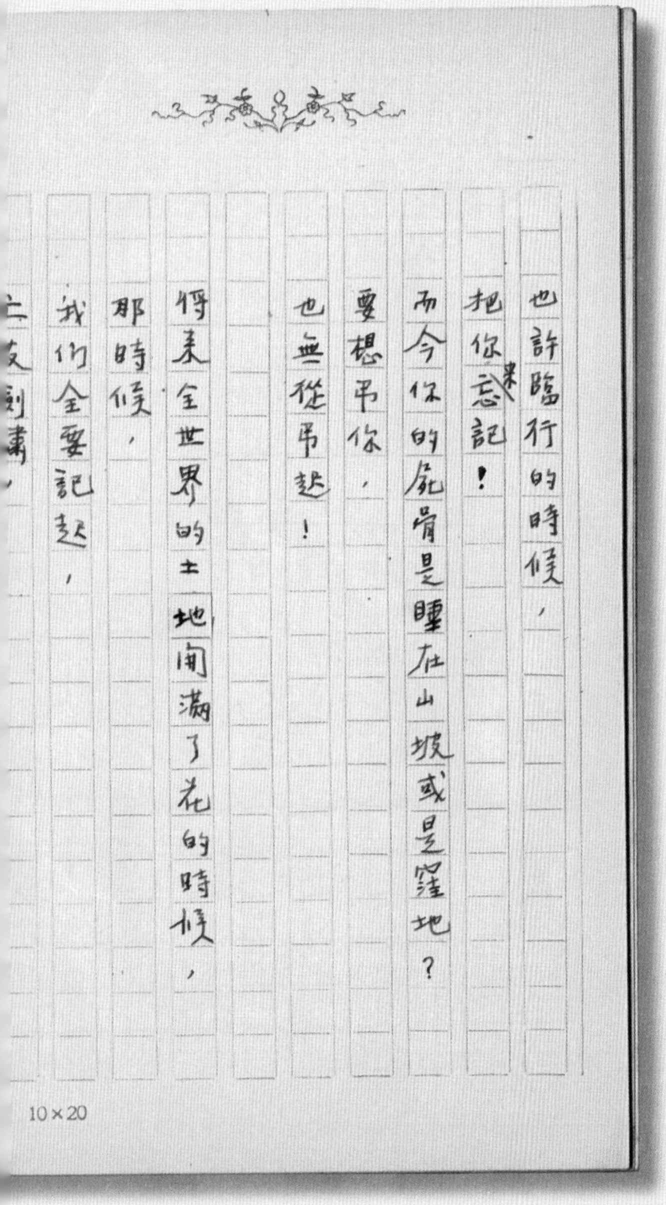
也許臨行的時候，
把你來忘記！
而今你的屍骨是睡在山坡或是窪地？
要想弔你，
也無從弔起！

待來全世界的土地開滿了花的時候，
那時候，
我們全要記起，
亡友劍嘯，

10×20

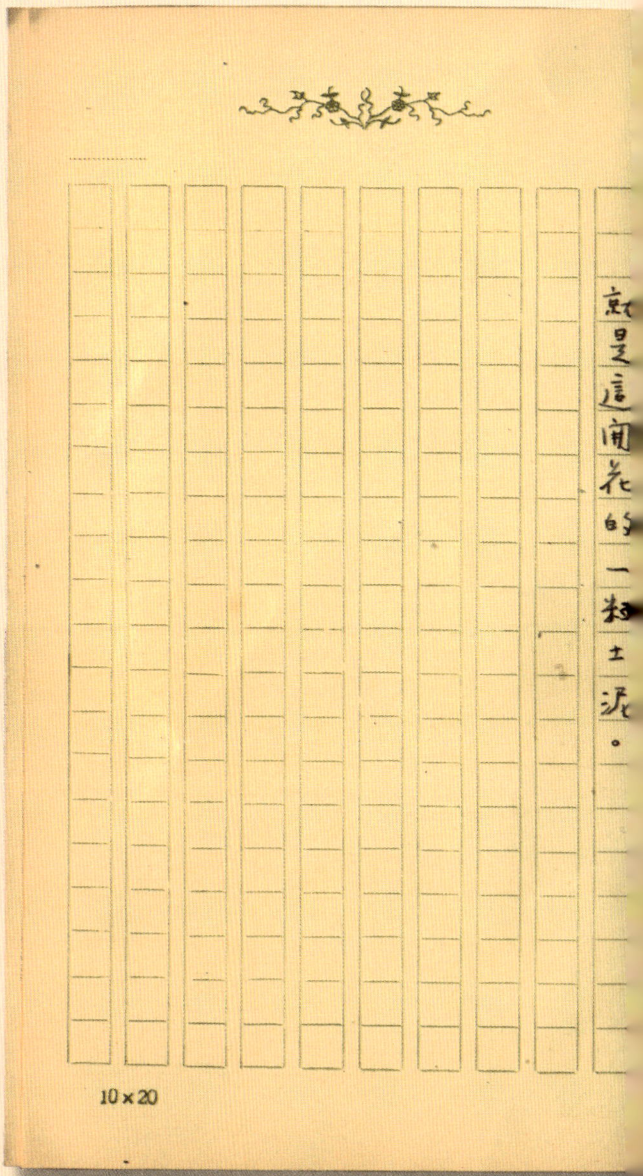
就是這開花的一粒土泥。
10×20

释文

可纪念的枫叶

红红的枫叶，
是谁送给我的！
都叫我不留意丢掉了。
若知这般别离滋味，
恨不早早地把它写上几句别离的诗。

偶然想起

去年的五月，
正是我在北平吃青杏的时节，
今年的五月，
我生活的痛苦，
真是有如青杏般的滋味！

静

晚来偏无事，
坐看天边红，
红照伊人处。
我思伊人心，
有如天边红。

栽花

你美丽的栽花的姑娘，
弄得两手污泥不嫌脏吗？
任凭你怎样的栽，
也怕栽不出一株相思的树来。

公园

树大人小，
秋心沁透人心了。

春曲（二）

那边清溪唱着，
这边树叶绿了，
姑娘啊！
春天到了。

春曲（二）

我爱诗人又怕害了诗人，
因为诗人的心，
是那么美丽，
水一般地，
花一般地，
我只是舍不得摧残它，
但又怕别人摧残。
那么我何妨爱他。

春曲（三）

你美好的处子诗人，
来坐在我的身边，
你的腰任意我怎样拥抱，
你的唇任意我怎样的吻，
你不敢来在我的身边吗？
你怕伤害了你处子之美吗？
诗人啊！
迟早你是逃避不了女人！

春曲（四）

只有爱的踟蹰美丽，
三郎，我并不是残忍，
只喜欢看你立起来又坐下，
坐下又立起，
这其间，
正有说不出的风月。

春曲（五）

谁说不怕初恋的软力！
　就是男性怎粗暴，
这一刻儿，
　也会娇羞羞地，
为什么我要爱人！
　只怕为这一点娇羞吧！
但久恋他就不娇羞了。

春曲（六）

当他爱我的时候，
我没有一点力量，
连眼睛都张不开，
我问他这是为了什么？
他说：爱惯就好了。
啊！可珍贵的初恋之心。

苦杯（一）

带着颜色的情诗，
一只一只是写给她的，
像三年前他写给我的一样。
也许人人都是一样！
也许情诗再过三年他又写给另外一个姑娘！

苦杯（二）

昨夜他又写了一只诗，
我也写了一只诗，
他是写给他新的情人的，
我是写给我悲哀的心的。

苦杯（三）

爱情的账目。
要到失恋的时候才算的，
算也总是不够本的。

苦杯（四）

已经不爱我了吧！
尚与我日日争吵，
我的心潮破碎了，
他分明知道，
他又在我浸着毒一般痛苦的心上，
时时踢打。

苦杯（五）

往日的爱人，
为我遮避暴风雨，
而今他变成暴风雨了！
让我怎来抵抗？
敌人的攻击，
爱人的伤悼。

苦杯（六）

他又去公园了，
我说：
『我也去吧！』
『你去做什么？』他自己走了。
他给他新的情人的诗说：
『有谁不爱个鸟儿似的姑娘！』
『有谁忍拒绝少女红唇的苦！』

我不是少女，
我没有红唇了，
我穿的是从厨房带来油污的衣裳。
为生活而流浪，
我更没有少女美的心肠。

他独自走了，
他独自去享受黄昏时公园里美丽的时光。
我在家里等待着，
等待明朝再去煮米熬汤。

苦杯（七）

我幼时有一个暴虐的父亲，
他和我的父亲一样了！
父亲是我的敌人，
而他不是，
我又怎样来对待他呢？
他说他是我同一战线上的伙伴。

苦杯（八）

我没有家，
我连家乡都没有，
更失去朋友，
只有一个他，
而今他又对我取着这般态度。

苦杯（九）

泪到眼边流回去，
流着回去浸食我的心吧！
哭又有什么用！
他的心中既不放着我，
哭也是无足轻重。

苦杯（十）

近来时时想要哭了，
但没有一个适当的地方：
坐在床上哭，怕是他看到；
跑到厨房里去哭，
怕是邻居看到；
在街头哭，
那些陌生的人更会哗笑。
人间对我都是无情了。

苦杯（十一）

说什么爱情！
说什么受难者共同走尽患难的路程！
都成了昨夜的梦，
昨夜的明灯。

沙粒（一）

七月里长起来的野菜，
八月里开花了。
我伤感它们的命运，
我赞叹它们的勇敢。

沙粒（二）

我爱钟楼上的铜铃，
我也爱屋檐上的麻雀，
因为从孩童时代它们就是我的小歌手啊！

沙粒（三）

我的窗前结着两个蛛网。
蜘蛛晚餐的时候，
也正是我晚餐的时候。

沙粒（四）

世界那么广大，
而我却把自己的天地布置得这样狭小！

沙粒（五）

冬夜原来就是冷清的，
更不必再加上邻家的筝声了。

沙粒（六）

夜晚归来的时候，
踏着落叶而思想着远方。
头发结满水珠了！
原来是个小雨之夜。

沙粒（七）

从前是和孤独来斗争，
而现在是体验着这孤独。
一样的孤独，
两样的滋味。

沙粒（八）

本也想静静地工作，
本也想静静地生活，
但被寂寞燃烧得发狂的时候，
烟，吃吧！
酒，喝吧！
谁人没有心胸过于狭小的时候。

沙粒（九）

绿色的海洋，
蓝色的海洋，
我羡慕你的伟大，
我又怕你的惊险。

沙粒（十）

朋友和敌人，
我都一样的崇敬，
因为在我的灵魂上，
他们都画过条纹。

沙粒（十二）

今后将不再流泪了，
不是我心中没有悲哀，
而是这狂妄的人间迷惘了我了。

沙粒（十二）

和珍宝一样得来的友情，
一旦失掉了，
那刺痛就更甚于失掉了珍宝。

沙粒（十三）

我的胸中积满了沙石，
因此我所想望的只是旷野，高天和飞鸟。

沙粒（十四）

烦恼相同原野上的春草，
生遍我的全身了。

沙粒（十五）

走吧！
还是走，
若生了流水一般地命运，
为何又希求着安息！

沙粒（十六）

蒙古的草原上，
和羊群一同做着夜梦，
那么我将是个牧羊的赤子了。

沙粒（十七）

眼泪对于我，
从前是可耻的，
而现在是宝贵的。

沙粒（十八）

东京落雪了，
好像看到了千里外的故乡。

沙粒（十九）

月圆的时候，
可以看到；
月弯的时候，
也可以看到；
但人的灵魂的偏缺，
却永也看不到。

沙粒（二十）

生命为什么不挂着铃子？
不然丢了你，
怎能感到有所亡失。

沙粒（二十一）

还没有走上沙漠，
就忍受着沙漠之渴，
那么，
既走上了沙漠，
又将怎样？

沙粒（二十二）

理想的白马骑不得，
梦中的爱人爱不得。

沙粒（二十三）

海洋之大，
天地之广，
却恨各自的胸中狭小，
我将去了！

沙粒（二十四）

当野草在人的心上长起来时，
不必去铲除，
也绝铲除不了。

沙粒（二十五）

想望得久了的东西，
反而不愿意得到，
怕的是得到那一刻的憧憬，
又怕得到后的空虚。

沙粒（二十六）

可厌的人群，
固然接近不得，
但可爱的人们也正在可厌的人群之中。
若永远躲避着脏污，
则又永远得不到纯洁。

沙粒（二十七）

可怜的冬朝，
无酒亦无诗。

沙粒（二十八）

什么最痛苦？
说不出的痛苦最痛苦。

沙粒（二十九）

失掉了爱的心板，
相同失掉了星子的天空。

沙粒（三十）

野犬的心情我不知道，
飞向异乡去的燕子的心情我不知道。
但自己的心情，
自己却知道。

沙粒（三十一）

此刻若问我什么最可怕，
我说：
泛滥了的情感最可怕。

沙粒（三十二）

偶然一开窗子，
看到了檐头的圆月。

沙粒（三十三）

人在孤独的时候，
反而不愿意看到孤独的东西。

沙粒（三十四）

我本一无所恋，
但又觉得到处皆有所恋，
这烦乱的情绪呀！
我咒诅着你，
好像咒诅恶魔那么咒诅。

沙粒（三十五）

从异乡又奔向异乡，
这愿望该多么渺茫！
而况送着我的是海上的波浪，
迎接着我的是异乡的风霜。

沙粒（三十六）

只要那是真诚的，
那怕就带着点罪恶，
我也接受了。

拜墓诗——为鲁迅先生

跟着别人的脚迹，
我走进了墓地，
又跟着别人的脚迹，
来到了你的墓边。

那天是个半阴的天气，
你死后我第一次来拜访你。

我就在你的墓边竖了一株小小的花草，
但，并不是用以招吊你的亡魂，
只说一声：久违。

我们踏着墓畔的小草，
听着附近的石匠钻着墓石的声音，
那一刻，
胸中的肺叶跳跃了起来，

我哭着你，
不是哭你，
而是哭着正义。

你的死，
总觉得是带走了正义，
虽然正义并不能被人带走。

我们走出了墓门，
那送着我们的仍是铁钻击打着石头的声音，
我不敢去问那石匠，
将来他为着你将刻成怎样的碑文？

一粒土泥

别人对你不能知晓，
因为你是一棵亡在阵前的小草。

这消息传来的时候，
我们并不哭得嚎啕，
我们并不烦乱着终朝，
只是猜着你受难的日子，
在何时才得到一个这样的终了？

你的尸骨已经干败了！
我们的心上，
你还活活地走着跳着，
你的尸骨也许不存在了！
我们的心上，
你还活活地说着笑着。

苍天为什么这样地迢迢！

受难的兄弟：
你怎样终止了你最后的呼吸？
你没喝到朋友们端给你的一杯清水，

你没听到朋友们呼叫一声你的名字，
处理着你的，
完全是出于我们的敌人。
朋友们慌忙的相继而出走，
只把你一个人献给了我们的敌手，
也许临行的时候，
没留给你一言半语；
也许临行的时候，
把你来忘记！
而今你的尸骨是睡在山坡或是洼地？
要想吊你，
也无从吊起！

将来全世界的土地开满了花的时候，
那时候，
我们全要记起，
亡友剑啸，
就是这开花的一粒土泥。

萧红的未完成与当下性

——由其自集诗稿手稿出发

姜异新

一、萧红诗稿的出场

萧红，中国新文化哺育出的一代『出走娜拉』，二十世纪三十年代的『文学洛神』，她一生创作一百二十多万字[1]，涉及诗歌、小说、散文、剧本等多个领域，显示了非凡的语言天才，生前出版过十一本作品集，却没有一本诗集，而她最初是以诗歌步入文坛的。一九八〇年，《中国现代文学研究丛刊》第三辑刊发了她的这个手稿[2]，这是藏于北京鲁迅博物馆萧红诗稿的首次披露。据吕福堂推定，该诗稿应是萧红在一九三七年二月[3]从日本回到上海后，九月离开上海到武汉这大半年时间，或在北平，或在上海整理集录的过去发表和未发表过的诗作的结集。二〇一一年六月，袁权著《萧红全传》，简单介绍了萧红诗稿的来源，并附有部分照片；二〇一三年十月，外文出版社的《心语——萧红自编诗稿》以双册形式出版了萧红诗稿的影印本及自传，这是萧红亲手抄录诗稿的首次完整展示。

众所周知，二萧之间的情感历程融合于中国现代史上国难与觉醒、流亡与抗争的苦难传奇，构成了颇为曲折动人的一幕，而萧红诗稿便是其最珍贵的见证与情感的浓缩与升华。一九三一年十一月中旬，萧红与未婚夫汪恩甲在哈尔滨东兴顺旅馆同居，赊账几个月后，萧红怀孕，汪恩甲回乡筹款未归。旅馆要挟要将萧红卖到妓院抵债。萧红求救于《国际协报》，副刊主编裴馨园设法营救，委托三郎（即萧军）前去送书。结果二萧一见钟情，第二天萧军便再次造访，二人从此难舍难分。一九三二年八月，松花江决堤，哈尔滨发大水，萧红逃出旅馆，重获自由，从此和萧军开始了患难与共的流浪生涯。在商市街，二人靠萧军做家庭教师的收入和借贷、典当度日。

一九三四年六月十二日，二萧乘火车离开哈尔滨，奔别伪满洲，到青岛投奔舒群，在此完成了《八月的乡村》和《生死场》，其间给鲁迅先生写信，幸运地得到了回复。由于青岛的党组织遭到破坏，一九三四年十一月一日，二萧不得不再度逃难，来到上海。他们得到了鲁迅先生于生活和写作上的关心和提携，不但时时被邀宴，还步入了上海左翼文学界，作品不断在沪上发表，最终以『奴隶社』名义出版了《生死场》与《八月的乡村》，鲁迅为之作序，二萧从此以鲜明的流亡特色伫立于中国新文坛。

1※据凤凰出版传媒集团凤凰出版社二〇一〇年五月版的《萧红全集》统计数字为一百二十四万八千字。参见王春荣：《新世纪十年萧红研究状况分析》，《辽宁大学学报（哲学社会科学版）》二〇一一年第五期。

2※吕福堂：《有关〈萧红自集诗稿〉的一些情况》，载《中国现代文学研究丛刊》，一九八〇年第三辑，第三一九至三三六页。

3※此日期吕福堂推定有误，萧红一九三七年一月九日由日本东京起航回国，十三日抵达上海汇山码头。

由于萧军的移情，一九三六年上半年，苦闷的萧红写下从未公开发表过的组诗《苦杯》（十一首，写作时间应在一九三六年春），直至一九八〇年萧红诗稿披露后，这些短诗才与读者见面。为了冷静爱的神经，二萧决定暂时分开一段时间，萧红接受好友黄源的建议远赴东瀛，萧军则再赴青岛。七月十六日，病中的鲁迅在寓设宴为萧红饯行。旅日半年间，萧红体味着从未体味过的异国苦寂，『孤独得和一张草叶似的了』[4]，出乎意料的是，三个月后竟然在报纸上读到鲁迅先生逝世的噩耗，这使萧红更加感念着世间的凄风冷雨，其间她断续写下组诗《沙粒》（一九三七年一月三日写定）[5]，也抄入了自集诗稿，这是萧红所有诗作中篇幅最长、字数最多的作品。

一九三七年一月十三日，萧红由日本返回上海，先是到万国公墓祭奠鲁迅，随后写下《拜墓诗》一诗，并发表了《沙粒》。由于萧军又与黄源的妻子许粤华爆出情感绯闻，二萧再度分离。这次，萧红到北平住了二十多天，五月二十二日回沪，然而，与萧军的关系却僵于冷战，怨恨始终无法冰释。淞沪抗战爆发后，胡风召集部分左翼作家合办刊物，名字采纳了萧红的建议取为《七月》，二萧随之双双去往武汉。

一九三七年九月二十八日临行前，萧军亲手将二萧一些重要物品托付给许广平，其中便有萧红的手抄诗稿。随着萧红诗稿交到许广平手上，萧红生命中的一段挚爱便从此尘封了。在山西民族革命大学短暂教书后，由于端木蕻良的介入，更由于二萧之间的裂痕无法再度弥合，两人最终在临汾诀别。萧军北上准备抗日，在兰州结识十九岁的美专女生王德芬，很快结婚。而怀了萧军孩子的萧红却与端木蕻良回到武汉结婚，随之开始了新的逃难生活。直到一九四二年病逝于香港，萧红始终没有机会回到上海翻启这本诗集。在大陆新村九号鲁迅寓所沉睡了二十年后，一九五六年三月二十一日，这本诗集手稿连同其他萧红遗物与鲁迅遗物一起被许广平捐赠给了正在筹备中的北京鲁迅博物馆。

萧红自编诗稿，抄写在一种很普通的日本式粉色笔记本上，封面呈大理石纹样，右下角画着一把带黑色叶子、白色茎脉的茶壶，浅色的茶壶影子，还有滚落到茶壶边上的一只圆圆的苹果。笔记本上方用细笔写着白色的『私の文集』，嵌在两条黑色横线中间，内面就是折起来的十几页竖排绿方格稿纸，10×20规格，

4※萧红：《第三十一信·致萧军·一九三六年十二月五日》，载《萧红全集》（下），哈尔滨出版社一九九一年版，第一一八二页。

5※萧红于一九三六年十一月已开始写作《沙粒》，一九三七年一月三日应为完稿日期，或是为了投稿抄录的日期。

页面已经泛黄，偶有霉点，稿纸上方居中是绿色线条的花边饰纹。诗人用蓝色墨水笔写下的字细腻、娟秀，柔中带刚，如同诗人的个性。诗行款款，由左至右竖着行进，错落有致，仿佛奏出诗人如歌的心曲。

手抄诗集所录诗作并不是萧红一生创作诗篇的全部，而是她自己编选、抄录的。诗集内收《可纪念的枫叶》、《偶然想起》、《静》、《栽花》、《公园》、《春曲》（六首）、《苦杯》（十一首）、《沙粒》（三十六首）[6]、《拜墓诗——为鲁迅先生》、《一粒土泥》，共计十题六十首[7]，按照写作的先后顺序排列。稍长的诗作如《幻觉》等没有选入。每一首诗的题目，都打着曲线杠子，典型的『五四式』。整个诗稿并没有署名，没有集录年代和序跋。

《沙粒》原本共三十八首，其中三十四首刊载于一九三七年三月十五日的纯创作月刊《文丛》杂志第一卷第一号，而《萧红自集诗稿》内则写有三十六首。抄写时打乱了部分顺序，没有二十三节，有两个二十四节，应是手误。这些创作于日本期间『随时记下来的一些短句』，萧红本来不打算让萧军看到，后来曾说要寄给河清（黄源）[8]，实际上却投给了《文丛》。萧红离开日本到上海后即拜谒鲁迅墓，并于一九三七年三月八日写下《拜墓诗》，四月二十三日发表于《大公报》副刊《文艺》第三二七期。此诗亦抄录在自编诗稿中，题为《拜墓诗——为鲁迅先生》。《一粒土泥》写于一九三七年六月二十日，后附于『纪念金剑啸专号』《兴安岭的风雪》（金剑啸的遗作）上，一九三七年八月由生活书店出版。

整部《萧红自集诗稿》非常干净，只有四处文字增加，其中三处出自《一粒土泥》，一处出自《苦杯（一）》。这些增字痕迹很明显是抄写时的手误，而非诗稿初创时的炼句修改。用不着仔细观察便会发现，萧红诗稿抄写字体及所用墨水，前后一致，非常连贯，不像是辗转很多地点，随意抄写的样子，或者说即便跟随了作者旅行，也不是在动荡的匆促的情势下，而作者也非常自觉地保持这种连贯性。从生前未发表的《苦杯》组诗的内容看，萧红应是不打算公开出版其与萧军之间的情感危机的。众所周知，萧红自小便随祖父学古诗，旅日期间曾多次要萧军给她寄唐诗来[9]，

6※哈尔滨出版社一九九一年版的《萧红全集》（上下）只收录了发表过的《沙粒》组诗三十四首。

7※据吕福堂统计该手稿收录了萧红从一九三二年至一九三七年所作诗歌十题七十一首，应有误。

8※萧红在一九三六年十一月二十四日在给萧军的信中曾说：『现在我随时记下来一些短句，我不寄给你，打算寄给河清，因为你一看，就非成了「寂寂寞寞」不可，生人看看，或者有点新的趣味。』见萧红：《第三十信·致萧军·一九三六年十一月二十四日》，《萧红全集》（下），哈尔滨出版社一九九一年版，第一二一八页。

9※一九三六年八月二十二日，刚去日本一个月，萧红在给萧军的第六封信中即要求寄一部唐诗来。九月九日的第十三信再次催促。

说是『读一读就象唱歌似的，情感方面也愉乐一下』，否则旅居日本就如同『白痴过的生活』与『住姑子庵』无异[10]。由此可以看出，诗歌对萧红来说是一种写作事业的调剂和放松，她非常渴求这种阅读的快感。那么，也印证了作诗、抄诗未尝不是一种宣泄与排遣。而由日本回国后，萧红只在上海住了三个月，爱情与友情的双重背叛，使其陷入深深的痛苦中，情感的天空乌云密布。由于无法直面情债，更因为影响到文学工作，萧红只好决定再去北平住一段时间。在北平的二十多天里，她并没有心思写作，平日主要是散心和访旧友，羁旅的心境与在东京相仿，因而，很可能会取出在日本时买的笔记本，再抄上几首诗，聊以自遣。自与萧军相遇后，独自一人静静思考、觉知内在的时光，在萧红而言只有两次，一次是在东京，一次便是在北平。萧红的自编诗集因萧军的不在场，更加凸显其前所未有的主体性。

《萧红自集诗稿》中选抄的诗篇虽大部分只是短短几行，然任凭数度诵读，每次都很难不被触动。因了其情境始终处于某种生动的、未完成的状态中。初恋的萧红沉浸贯注，无法自拔，用她那隽永的笔捕捉到了爱情最动人的瞬间，捧出可以触摸的少女情怀，使这些浅唱低吟，带上了现代『诗经』的意味。爱情的力量无须阐释者传达，『它原封不动，始终凝聚在原有的语言层次上，像着了魔似的执著坚定』[11]，而重新抄写，又是再度咀嚼恋爱的断片，从前爱着的种种情境再度闪回，缭绕耳边，唱响不停。于是，诗人再次饱吸墨水，恰似再次吸入爱情的『毒汁液』[12]。

萧红抄写的功夫从她的散文和书信以及同时代人的回忆录里有很多印证，她给自己、给萧军，乃至给后来的端木蕻良都大量抄过稿子，伴着洋烛的灯火，或是流着清涕，或是顶着蚊虫叮咬，眼睛常常是抄痛了，她的字就这样在一次次抄写中训练得愈加工整、秀丽。二十世纪三十年代中后期，由于鲁迅的提携，加之萧红独有的文艺天赋，这位轻灵的女作家很快就有了较高的知名度，内心有着留存手稿的意识。在北平时，她就曾许诺将《生死场》的手稿送给舒群，因为上面有鲁迅修改过的痕迹，非常珍贵，萧红是想借此表达对舒群多年恩情的感激。可惜的是，因为奔波流离，舒群将《生死场》手稿遗失。

手稿在作者逝世四十年后的出场，

10※萧红：《第十三信·致萧军·一九三六年九月九日》，载《萧红全集》（下），哈尔滨出版社一九九一年版，第一二六〇至一二六一页。

11※[法]罗兰·巴特《恋人絮语》，上海人民出版社二〇〇九年版，第十五页。

12※萧红在给萧军的信中曾多次表达爱的痛苦如中毒一般。如第三十九信中，『我虽写信并不写什么痛苦的字眼，说话也尽是欢乐的话语，但我的心就像被浸在毒汁里那么黑暗，浸得久了，或者我的心会被淹死的』，『痛苦的人生啊！服毒的人生啊！』；第四十一信：『送（从）饭馆子出来几乎没有跌倒，不知为什么像是服毒那么个滋味。』以上参见《萧红全集》（下），哈尔滨出版社一九九一年版，第一二九二、一二九三、一二九五页。

具有不同寻常的意义。诗稿作为文学作品的外在形式，或许与诗的内部赏析世界没有根本的联系，然而由于是萧红自编的，甚至于是写给自己看的，其选入的诗歌才更能反映出创作主体的珍视程度，也必定是作者心中深深镌刻的痕迹。由亲笔诗稿可以看出，萧红非常注重诗的节奏格律，对着诗稿诵读仿佛是随着诗人的引领而诵读，是在萧红的身边聆听她的咏叹调，更容易融入诗人自己的情感，这是与印刷本透露出的情感色彩、诗歌韵律完全不一样的诗美体验，因之，回到萧红诗稿本身赏析其诗艺，乃至透视二萧情感的艺术升华，具有重要的学术价值。

二、萧红诗歌中的爱情『三幕戏』

罗兰·巴特在《恋人絮语》中将恋爱的旅程看成是三幕戏：『首先是一见钟情，是闪电般的「迷上」「被俘虏」』『然后便是一连串的相逢』『如痴似醉地「发掘」着情调的完美』，短暂的幸福时光之后，又是『「一连串」恋爱的麻烦』——『持续不断的痛苦、创伤、焦虑、忧愁、怨恨、失望、窘迫，还有陷阱』[13]。在萧红动荡流亡的生命历程中，其诗作并不丰产，一句句姗姗而至，恰似爱情不请自来，却毫无意外地印证了这一步步跨进爱情深渊的情感历险。

（一）我何妨爱他

在受命去给萧红送书之前，萧军无意参与《国际协报》副刊主编裴馨园营救萧红的计划，他那句，『我只有头上的几月未剪的头发是富余的。如果能够换到钱，我可以连根拔下来，毫不吝惜的卖掉它！也来帮助你。』[14]充分显示了即将出场的是个一无所有，不具备英雄救美任何条件的潦倒编辑。

一九三二年七月十三日傍晚，身着褪色蓝粗布学生装，一条打补丁灰色裤子，赤脚蹬着绽口破皮鞋，满头蓬乱短发的萧军，踏进哈尔滨东兴顺旅馆二楼甬道尽头一间模糊阴暗的储藏室，室内桌上是污旧的信封筒、碎报纸，横睡在未涤洗的碟子上的乌木箸，两只粗瓷碗合扣着，里面是半碗红得如血，坚得如砂粒般的

13※[法]罗兰·巴特《恋人絮语》，上海人民出版社二〇〇九年版，第一八八页。

14※萧军：《烛心》，载《萧军全集》第一卷，华夏出版社二〇〇八年版，第一七二页。

高粱米饭，地上撒着碎纸屑……而床上正一骨碌由帐子中走下一个纷披长发的女子，她，如同一件弃物。[15]

给凌乱、穷困以美的照耀的是床上那张写着小诗的纸，一张铅笔素描的半幅图案画——仿佛铺陈为一种等待，一种欲望。正是紫色铅笔写下的《春曲》（一）——『那边清溪唱着，/这边树叶绿了，/姑娘啊！/春天到了。』[16]

一个最适宜一见钟情的初次照面情境已经铺垫好了。正沉浸在自我命运悲伤里的萧红，惨白而憔悴着脸，不充血的嘴唇，灵魂仿佛不在场。萧军的闯入恰是出其不意——『幕启处，从未见到过的人这时整个儿地亮了相，然后便被眼睛吞入；触目所见的便是一切，我再也无法平静，这个场面捧出了我要爱的人』[17]。二萧从此被同一门框框住，彼此的身心掉进了同一个命运夹缝中。

除开你那双智慧的眸子，光灼得有些异样之外，我真找不到他们所说你的疯狂症在那里哟！也许我的眸子早就疯狂了吧？

（前略）——不知什么缘故，我只是要俯向你的怀中去哭！哭！哭个尽够！畸娜！我怎么竟是那般怯懦；那般无来由；那般……想着哟！如果，真的我伏倒在你怀中去哭时，你是将我推倒在地上，是将我一脚登出门外，还是我们当真的拥抱作一团，哭在一起呢？[18]

从自传体小说《烛心》中春星（原型即萧军）的一派痴语可以看出，这突如其来的一见钟情，使男主人公不知所措，一任命运摆布，恍恍惚惚，失魂落魄，正验证了瓦西列夫在《情爱论》中所说的『爱情产生的第一个表现是迷醉。』『一个人如果没有体验到由于迷醉而产生的战傈，他就不会堕入情网。』[19]而百无聊赖的畸娜（原型即萧红），恰恰处在痴迷阶段之前的朦胧情境中，对猝然而至的爱的掳劫，毫无防备，更是不知不觉束手就范。不仅如此，在忍耐已久的要逃出困境的极度渴望中，像抓住救命稻

15※对此场面，小说《烛心》与萧军辑注萧红信笺中的回忆表述有细节上的差异，但都表现的是萧军一人探望萧红。而据同时代人孟希后来的回忆，萧军第一次见到萧红实际是与《国际协报》的副刊主编裴馨园（笔名老裴）、琳郎和孟希三人一起去的东兴顺旅馆。参见孟希讲述，何宏整理：《萧红遇难得救》，载《东北现代文学史料》第五辑，辽宁社会科学院文学研究所编，一九八〇年版，第二〇六页。

16※最初在《国际协报》副刊发表，一九三三年十月收入二萧合编的小说散文集《跋涉》。

17※[法]罗兰·巴特《恋人絮语》，上海人民出版社二〇〇九年版，第一八三页。

18※萧军：《烛心》，载《萧军全集》第一卷，华夏出版社二〇〇八年版，第一七三页。

19※[保加利亚]基里尔·瓦西列夫：《情爱论》，生活·读书·新知三联书店一九八五年版，第一七四页。

草般等到了来者，却又是她所欣赏的作品的作者，怎能不为之瞬间沉迷。

当然，这一幕实际上是后来重构的——叙述主体重构了这样一个令人迷醉的形象与情境。重构包含两层意思，一层是基于自身生活基础的文学性创作，一层是作为当事人的纪实性回忆，不可否认，回忆录也难免会有艺术加工的成分乃至误忆的情况。然而，无论是求艺术之真还是事实之真，作为叙事文字，主人公或当事人总会以简单的过去时态来描述仿佛刚刚发生的一见钟情，『我「重温」那令人陶醉的场景时，内心造出一个机缘：一切都那么凑巧，我不断为这一机缘暗暗吃惊：我竟碰上这等好事，让我如愿以偿；或我竟冒这么大风险：一头拜倒在一位素昧平生的形象面前。那重新浮现的一幕幕像一段漠然的煞有介事的蒙太奇。』[20]实际上，事隔四十二年后，萧军在给萧红的书信注释中的确满怀沧桑地追忆了这一段『偶然相遇，偶然相知，偶然相结合在一起的「偶然姻缘」！』[21]并成为萧红传记的权威性材料，虽然后来的研究者对其情感纯洁性与传奇性的质疑声至今没有停歇。与叙事文学和回忆录精心构建的爱情故事相比，这一番剪不断，理还乱的感受、思绪、诸般情境，唯有诗歌可以永恒寄予。

在萧红的诗歌里，一切是那么坦荡自然，『我爱诗人又怕害了诗人，/因为诗人的心，/是那么美丽，/水一般地，/花一般地，/我只是舍不得摧残它，/但又怕别人摧残。/那么我何妨爱他。』《春曲（二）》巧妙地呈现了抒情主体初坠爱河的诸般怜惜——爱是有痛的，『我』不忍心使『我』所爱之人的心饱受摧残，为此而踌躇不安，然而，一样痛的『我』坚信自己能从爱的折磨中挺过来，能从思虑拷问的隧道里钻出来，决不轻言放弃，『我』充分肯定我俩的初遇。将两类不同的絮语载体并置，可以发现恋人的倾吐方式是多么具有个别性。他们的确在相爱。

（二）爱惯就好了

一见钟情的恋爱序曲后，紧接着便是两颗心灵的一连串相逢，仅仅是第二天，萧军便再次造访萧红，这次却不是为了完成任务，而是自己迫不及待地要来，想象在试图摆脱的徒劳中闷燃，欲望在原地不停地看着、等待着、驱使着，痴迷，激动，亢奋，二萧不断会面，又相继谱出一系列春曲——你有所爱了！你不再是这

20※[法]罗兰·巴特《恋人絮语》，上海人民出版社二〇〇九年版，第一八五页。

21※萧军：《萧军全集》第十五卷，华夏出版社二〇〇八年版，第二十九页。

个冷酷世界上的孤立碎片，至少看起来不是了！现在你的世界有了一个中心：你的爱人。他们相信这样会使自己幸福，会将自己从恐惧或匮乏的感觉中解放出来。萧红甚至任凭一己之心，顾自在幻想中将『诗人』塑造成一个美好、纯真、未经风月的处子形象。

春曲（三）
你美好的处子诗人，
来坐在我的身边，
你的腰任意我怎样拥抱，
你的唇任意我怎样的吻，
你不敢来在我的身边吗？
你怕伤害了你处子之美吗？
诗人啊！
迟早你是逃避不了女人！

然而，现实中的萧军不仅爱过别的姑娘，而且还结了婚。萧红为此很不高兴，认为萧军破坏了她心中的美好想象，毁了诗兴。对于二十一岁的萧红来说，她希望逢着一位与她的想象完全叠合的美好纯洁的处子诗人。当萧军向她讲述了自己的经历后，她没有不可遏制的嫉妒，而是觉得这些无关紧要的话，无关乎文学，无关乎诗歌，是一些不该说出的庸俗琐碎，是一个诗人心曲中累赘无用的细节。而由她为之迷醉的恋人说出，则更是一种双重的残忍，既折磨了初恋的心，更折磨了唱着『春曲』的诗人的心。读《春曲（三）》，能够充分体味到现代女性在爱情中的主动性，一种情感的高度、大胆的倾泻，绝没有古典爱情诗中女性的半吞半吐，委婉含蓄，充分体现出『爱就是行动』（雨果），一种现代女性主体意识的觉醒与张扬，一种人性的自由表露。

春曲（四）
只有爱的踟蹰美丽，
三郎，我并不是残忍，
只喜欢看你立起来又坐下，
坐下又立起，
这其间，
正有说不出的风月。

爱既有海誓山盟，更在微妙细微处。在情人眼中，对方一个轻微的举止，一个不易令人察觉的姿势，便是楚楚动人处。《春曲（四）》中，姑娘满怀似水柔情，逗弄着懵懂的小伙儿，为他那『立起又坐下，坐下又立起』的万千风月着迷。古往今来，吟诵青年男女坠入情网的诗篇无数，而萧红瞬间捕捉到了恋人身上稍纵即逝的微妙，短短一刻里的呆傻相，使之既成为诗人独有的爱人，亦成为千万姑娘心中踟蹰的情郎，这一高度凝练的情感纯化、高超的诗艺提炼，看似不着痕迹，却不经意间为读者奉献出现代爱情的『丰溢』。

春曲（六）

当他爱我的时候，
我没有一点力量，
连眼睛都张不开，
我问他这是为了什么！
他说：爱惯就好了。
啊！可珍贵的初恋之心。

一个爱着的姑娘，她的内在发生着什么？从萧红诗歌本身出发，剥去众多理论与史料考证的外衣，回到你、我、他的本体。六句诗讲述的激情里，有恋人的慵倦——只要一看见你，『我』就说不出一句话，仿佛觉得自己就快完了；有爱的疯狂，『我』没有任何的思维，只是感受着你，觉察着激情的火焰，然而，狂热并未使『我』无法说出痴迷，『我』能非常理智地意识到这种疯狂，能沉心着笔谈论这种疯狂——『爱惯就好了』，能巧妙地把『我』心上的甜蜜，勃勃然化为一句吐出：『啊！可珍贵的初恋之心。』感叹的收束，引人到万般情事之最可珍贵处。

（三）说什么爱情！

俗世间的爱情是多么容易而快速地从快乐之源转变成痛苦之源。在一见钟情、不断重逢的幸福时光之后，却又迎来了必然的衰隐。这一杯原本令人心醉的爱情琼浆，如今酿成苦汁。这已经不是薄薄的一层忧伤，不是推动双方关系深厚，相互追逐的一点点嫉妒、疑虑和戏剧性的游戏。它完全是爱情之花萎谢的开端。爱情创伤的深深裂纹，逐渐延伸直至存在的『根基』，无法弥合。主体从中吮吸的同时又在构造新的主体。《苦杯》组诗浮现出一个爱到无处容身，但借以生存的对方却成了痛苦之源的抒情主人公形象。我们听到了幽怨，看到了哭泣，但诗人的语言显示出了极好的节制。

苦杯（一）

带着颜色的情诗，
一只一只是写给她的，
像三年前他写给我的一样。
也许人人都是一样！
也许情诗再过三年他又写给另外一个姑娘！

苦杯（二）

昨夜他又写了一只诗，
我也写了一只诗，
他是写给新的情人的，
我是写给我悲哀的心的。

爱情需要有各种潜在对象的比较，恋爱着的人才谈得上负心，相信自己被爱着的人才会嫉妒。对方动不动就有负于自己，不爱『我』，这正是『我』所有悲哀的根源。在恋爱体验的范围内，最苦楚的创伤来自一个人亲眼目睹的，而不是她所知道的情景。当她从厨房折回时，突然瞥见萧军在与那个崇拜他的叫作陈涓的姑娘亲密交谈，两个人靠得很近……或『我』独自一人忙着收拾家具，看到自己在充满油腻的厨房里劳作，『郎华』将一个漂亮姑娘送出门外，姑娘清清楚楚地问道：『有信吗？』[22]这一幕幕情景如同情书里一个个刺人眼目的句子一样呈现在眼前，简单明了，准确，完整，清晰，全然没有『我』的插足之地，『我』满含着纯洁的隐痛，被摈绝在这个情景之外。这个图景像镜子一样映照出『我』的空缺，读者立刻听懂了潜台词：我的三郎被别的姑娘夺走了！

22※萧红：《一个南方的姑娘》，载《萧红全集》（下），哈尔滨出版社一九九一年版，第一〇三三页。

苦杯（八）

我没有家，
我连家乡都没有，
更失去朋友，
只有一个他，
而今他又对我取着这般态度。

苦杯（九）

泪到眼边流回去，

流着回去浸食我的心吧！
哭又有什么用！
他的心中既不放着我，
哭也是无足轻重。

苦杯（十）
近来时时想要哭了，
但没有一个适当的地方；
坐在床上哭，怕是他看到；
跑到厨房里去哭，
怕是邻居看到；
在街头哭，
那些陌生的人更会哗笑。
人间对我都是无情了。

默默把泪水咽下。当一个人独自落泪，发现悲伤并不是幻觉，借助泪水，『我』叙述了一个弃妇般的爱情故事——一个把你从暴虐中救出来的，给了你新的暴虐的战友，带给了你更多的眼泪，然而，这仍然不同于未被救出前的精神状态。当萧军救出萧红的那一刻，她就不由自主地成了一个现代女性主体——我不是另一个。如果说前者是一个无法主宰自我命运的玩偶的困境，那么后者则是被『现代』拯救之后的无根的主体的困境。主体总是痛苦磨难者，哪里有创痛，哪里就有主体，由此才可以成就她自己。主体意味着一种切近——像美人鱼获得了双脚一样的切肤之痛，然而她终将会走自己的路。

在一九三七年五月四日致萧军的信中，远在北平的萧红发出痛苦的呼号：『痛苦的人生啊！服毒的人生啊！』『我一定要用那只曾经把我建设起来的手把自己来打碎吗？』[23] 对此，萧军的回答是，『凡事不能用诗人的浪漫的感情来处理，这是一种低能的、软弱的表现！自尊心强烈的人是不这样的。』[24] 这让我们清楚地看到，情绪化的、具备诗人气质的萧红曾将自我依恋与爱情深深混淆在一起，她在萧军身上所找到的与其说是真爱，不如说是小我对更深层、更完整的自我感的需求，一种他人暂时能满足的存在感。

哭泣显然不是萧红对恋人要挟的手段，通过眼泪来打动对方，对其施加压力——『看看你将我弄成什么样子了』，更不可能通过泪水向四周的人要挟。她没有以各种方式哭泣，引人来哄的资本。为防止成为恋人烦厌的哭哭啼啼、丢人现眼的『我』，只能

23※ 萧红：《第三十九信·致萧军·一九三七年五月四日》，载《萧红全集》（下），哈尔滨出版社一九九一年版，第一一九三页。

24※ 萧军：《萧红书简辑存注释录》，黑龙江人民出版社一九八一年版，第一四三页。

苦杯（十一）

说什么爱情！
说什么受难者共同走尽患难的路程！
都成了昨夜的梦，
昨夜的明灯。

如果说恋人镇日牵挂的是屈从和支配，爱在时刻为既依附于对方，又要让对方依附于我的较量中滋长；那么，渐渐地，在萧红这一方于家庭生活中将更多地体验屈从。然而在创作所带来的社会生活中，她的地位却逐渐高于萧军，恋爱双方的争斗、征服，由纯粹两性意义转为文学事业上的较量。自我意识在本性上就是冲突的结果。聂绀弩曾经鼓励萧红作为一个独立的现代女性摆脱对男性的依赖而独自高飞。萧红那个著名的回答是，「女性的天空是低的，羽翼是稀薄的，而身边的累赘又是笨重的！而且多么讨厌呵，女性有着过多的自我牺牲精神。」「不错，我要飞，但

同时觉得……我会掉下来。」[25]这几乎成为中国现代文学史上现代女权的宣言，穿越了所有关于萧红的传记、电影和研究。

萧红诗歌中的爱情「三幕戏」，准确地呈现了俗世爱情那种短暂的欢乐和兴奋，一种沉溺性的需求，在经历起初的激情之后，徘徊于爱恨情仇，吸引和攻击之间，忽然又向其相反的方向发展。她便是这样地在爱着。朱自清在《中国新文学大系诗集·诗集》导言中曾指出，「中国缺少情诗，有的只是「忆内」「寄内」，或曲喻隐指之作；坦率的告白恋爱者绝少，为爱情而歌咏爱情的更是没有。」[26]自「五四」新诗做到了「告白」这一步，湖畔诗人专心致志地作情诗，直至二十世纪三十年代的各种流派四起，新诗中的爱情创作对于生命本体体验的追求逐渐增强，爱情不再是某种社会思想的载体，而成为人生美丽与痛苦的情感体验。然而，不曾被归类为新诗人的萧红，没有对西方诗歌的模仿，没有试验的痕迹，也就没有徐志摩的「为爱情而歌咏爱情，不一定是实生活的表现」[27]；她的诗歌朴素简单，没有繁复的意象，没有晦涩的象征，也就不存在「要么什么都表达不了，要么表达得过了头」，在爱情这个痴迷的国度里，萧红清醒自如，恰如其分地运用

25※聂绀弩：《在西安——聂绀弩回忆萧红》，《新华日报》一九四六年一月二十二日。

26※朱自清：《中国新文学大系·诗集导言》（影印本），上海文艺出版社二〇〇三年版，第四页。

27※朱自清：《中国新文学大系·诗集》（影印本），上海文艺出版社二〇〇三年版，第七页。

语言，精炼而不枝蔓地铸就了主体，铸就了『我』。

『单是诗人还不够，要自己真在恋爱。』[28]爱着的萧红也许无意为诗，而诗情毕现。她的诗句就像她的为人，隽雅而无虚饰，仰仗本色，素位而行。如此，爱情在萧红的诗行里得以安身。

三、未完成与当下性

爱，写诗，抄诗，在生命划过宇宙的历史时空中，处于三个截然不同的当下——爱着的当下顾自忘我地爱着，没有思维，没有判断，只有无念的直觉，躁动不安，心猿意马；写诗的当下是宁静的，充满创造力的时刻，理性驾驭了奔腾不止的情绪，约束心意，调动全身心的领悟力、凝练力，挖掘情境储存，遣词造句，反复吟诵，直至完美的诗句在脑海中不断播放；而抄诗的当下是记忆的思绪灌注于笔端，觉察那个宁静且强有力的临在，回味，共鸣，感受语言，倾听歌韵，欣赏诗美。生命之流正由一个个当下组成，翻开《萧红自集诗稿》，最先闪现的是美好的爱情之花经由缓缓生发而蓬勃发展又骤然萎谢的一个个当下，生动地彰显了萧红的创造力。

然而，现实中的爱情危机又该如何解决？当局者往往是念头纷起，想象不断——轻生、分手、隐退、远行……萧红选择了东渡扶桑，忍受分离——情人不在场，倾诉思念之苦所带来的爱的张力对萧红更具吸引力。其间她给萧军写了四十二封信，以传递相思与关怀。《沙粒》组诗便作于这『寂寞的黄金时代』，这些短句很明显受了日本俳句的影响，抒情主体不再由小我思维所操控，对两性爱情仿佛已由投入转为觉察，情绪的负荷减少了，智性的觉悟增多了，开始散发的本体之光正在穿越种种遮蔽。

沙粒（三）

我的窗前结着两个蛛网，
蜘蛛晚餐的时候，
也正是我晚餐的时候。

这样普通的类似于说明介绍性的话语，为什么会给读者带来

28※［法］布瓦洛：《诗的艺术》，人民文学出版社二〇〇九年版，第二十页。

心灵的震撼，正是当下感所致，也正是萧红诗歌的独特之处。就在这个如同露珠一般滚落的刹那，『我』咀嚼着，蜘蛛也在分泌着消化的汁液，食物成为我们共同的关注，我们有共同的生命活动，『我』感觉到在其他生物内相同深度的生命。初读此诗，可能会联想到寂寞孤独，感觉诗人是在以蜘蛛来做类比，然而，仅仅是羁旅寂寞的情绪，不会产生如此大的美学力量，古往今来抒发孤独寂寞的诗句可谓多矣，在这个美学范畴内，萧红的诗作绝不是好的。而《沙粒（三）》之所以比这些抒发孤独寂寞的诗句更为动人，不在于辞藻择选和造境功夫，而在于平添了一种新的美学质素，这就是『正在经验着』的临在感，这一新的美学质素将读者深深拉回到了此在。诗人攫住生命动态过程中的一个寻常场景，不是将一个孤立的自我投射到上面，加强小我所赖以生存的孤立感，而是与之融为一体，使读者去觉察那些围绕着『我』的空间，那里没有的东西比那里有的东西更为重要。也许『我』咀嚼着的不仅仅是食物，还有这结网的人生，这剪不断、理还乱的情感，仅仅三句诗行，留下了巨大的空白，寂静的范围在扩展，直抵心灵的最深处，怎能不让人深深佩服萧红的感悟力与笔力，她实在没有用大脑，而是在用身体觉察世界，她的语言剔除了造作的幻想，成为感官的明镜。

当下性不同于普遍使用的当代性概念，后者重在强调萧红在当代的影响力，实际上，当下性是拒绝过去和未来的，它强调临在（presence）——通往生命和本体的唯一途径，对于如何具体地理解当下性，萧红在给萧军的信里曾有一段颇耐人寻味的描述：

窗上洒满着白月的当儿，我愿意关了灯，坐下来沉默一些时候，就在这沉默中，忽然象有警钟似的来到我的心上：『这不就是我的黄金时代吗？此刻。』于是我摸着桌布，回身摸着藤椅的边沿，而后把手举到面前，模模糊糊的，但确认定这是自己的手，而后再看到那单细的窗棂上去。是的，自己就在日本。自由和舒适，平静和安闲，经济一点也不压迫，这真是黄金时代，是在笼子过的。从此我又想到了别的，什么事来到我这里就不对了，也不是时候了。对于自己的平安，显然是有些不惯，所以又爱这平安，又怕这平安。[29]

这段文字很容易让人感到，在日本的安闲时光使萧红远离干扰，无论身心还是写作，均进入沉静期。然而，『黄金时代』难道不会有另

29※萧红：《第二十九信·致萧军·一九三六年十一月十九日》，载《萧红全集》（下），哈尔滨出版社一九九一年版，第一二七九页。

一番含义吗？萧红进入了自己的心智流（mental stream），至少在这一独处夜晚的刹那间，她体味到由内而生的深深喜悦，对内在有了惊鸿一瞥，在这稍纵即逝的无我状态里，超越了原先认识的自己——命运的外在形式，而深深地进入当下，获得了心理噪声之外的宁静态。萧红是一个非常注重当下经验的作家，很多研究者认为她的个体性最显著，实际上，正是因为萧红能够体悟、关注和表现这种当下临在感。她曾经在给萧军的信中说：『正在口渴的那一刹，觉得口渴那个真理，就是世界上顶高的真理。』『我是多么替自己避免着这种想头，但还有比正在经验着的还更真切的吗？我现在就正在经验着。』[30]

从《春曲》《苦杯》到《沙粒》，萧红的诗风发生了微妙的变化，可以使人充分感受到抒情主体的内在觉醒，正由一个直抒胸臆，乃至涕泪涟涟的现代闺怨诗吟者而渐渐成长为思维或者情绪的观察者，正努力突破先前思维的重复模式与小我所扮演的角色。

30※萧红：《第三十九信·致萧军·一九三七年五月四日》，载《萧红全集》（下），哈尔滨出版社一九九一年版，第一二九二、一二九三页。

沙粒（五）

冬夜原来就是冷清的，
更不必再加上邻家的筝声了。

沙粒（六）

夜晚归来的时候，
踏着落叶而思想着远方。
头发结满水珠了，
原来是个小雨之夜。

沙粒（七）

从前是和孤独来斗争，
而现在是体验着这孤独，
一样的孤独，
两样的滋味。

沙粒（十三）

我的胸中积满了沙石，
因此我所想望着的只是旷野、高天和飞鸟。

沙粒（十四）

烦恼相同原野上的青草，

生遍我的全身了。

沙粒（三〇）

野犬的心情我不知道；

飞到异乡去的燕子的心情，我不知道。

但自己的心情，

自己却知道。

个体的孤独糅合着家国的孤独，使《沙粒》有了更多智性的思考，蕴含了哲理。鲁迅曾说：『感情正烈的时候，不宜做诗，否则锋芒太露，能将「诗美」杀掉。』[31] 经过在日本的时空转换，内觉沉静，萧红诗作弥补了早期的智性不足，多了灵性判断力。

如果说写作《春曲》《苦杯》时的萧红

31※鲁迅：《一九二五年六月二十八日两地书》，载《鲁迅全集》第五卷，人民文学出版社二〇〇五年版，第一七六页。

似乎还有为了对方而作诗的动机，还暗含着自己要写的东西会使意中人因此而更加爱我的意图，那么在日本的她已深刻地明了写作不是改变自我命运的途径，它仅仅在你不在的地方——这才是写诗的开始。

除了将爱情诗篇编入手抄诗集外，萧红最后选入的是对导师鲁迅先生和对战友金剑啸的悼念诗。与爱情短诗、智性组诗不同，悼念诗多了诗节。虽然只有两首，占的篇幅不多，却使自集诗稿变得沉甸甸的，使其气韵超越了个人情感的狭小天地，升腾至广阔的天地间。

『跟着别人的脚迹，/我走进了墓地，/又跟着别人的脚迹，/来到了你的墓边。』《拜墓诗——为鲁迅先生》的第一句，诗人就将读者带进了生命之流，没有罗列丰功伟绩，没有抒发巨星陨落，短短朴素的四行诗句，呈现出一个被众人追随和膜拜的导师形象。不堆砌辞藻，不沉醉于声调，仅仅『跟着』一词，足以勾勒出革命者便是如此纷纷地汇入和聚集。『我就在你的墓边树了一株小小的花草，/但，并不是用以招吊你的亡魂，/只说一声：久违。』先生在诗人心中是不死的，『我』仍像当年拜访大陆新村一样，来拜访你。只是，『我』不能再像个孩子一样高兴地喊出，『天晴了，太阳出来啦。』[32] 天是半阴的。『我』只能哭着你。

这种悼念的情怀在对曾是同一战壕中的伙伴金剑啸时又有所不同——『我们的心上，/你还活活地走着跳着，/你的尸骨也许不存在了！/我们的心上，/你还活活地说着笑着。』叠句的运用，复沓回旋，表达了难以接受与战友已成永诀的事实，一个鲜活的生命化为了土泥，可他的音容笑貌如在目前。诗人怀着沉痛的心情发问：『受难的兄弟：/你怎样终止了你最后的呼吸？』一个关切的询问，将读者的心紧紧揪起，脑海中的画面阴沉黯郁恐怖，心像压上了大石头，不堪承受。有谁能如此努力地去感同身受，想象被折磨的战友最后一刻面临的痛苦呢？读者被引领着去觉察那个残酷的当下，醒悟到这是一个和自己一样有着痛感和恐惧的人，绝非一方神圣。这样诚挚的诗歌比那些歌颂英雄的赞歌要真切一百倍，也是真正的诗。

对导师和战友的悼念，这样的题材特别容易成为缅怀式的赞歌，而萧红保留了她一贯的特色和风格，那就是对生命的全然敏感，当下关怀。她始终热情而强烈，广泛而深入，具有穿透力地去感受一切，像感受着恋人的一颦一笑，感受着做着夜梦的羊群、感受着屋檐上的麻雀一样地感受着导师的离去、战友的牺牲。她的诗句告诉我们，如果你无法热情地关注任何生命，不具备领悟和聆听的品质，那就没有活着。

当下性还意味着将思维从褒贬萧红诗歌艺术成就的评价模式上超越出来，进入普泛的美学领域。这是具有生命力的艺术品所共有的穿越性力量。正像《呼兰河传》散发着土地原始的芬芳，萧红的诗作散发着独特的生命芬芳。遗憾的是，创作盛年刚刚来临，萧红便匆匆谢世，令众多萧红迷及传记作者和研究者们悲叹其命运多舛的同时，更为其留下了太多未完成而痛惜。在短暂的流亡生涯中，萧红的成长无疑是未完成的，妻性是未完成的，母性是未完成的，从导师与战友手上接过来的事业也是未完成的，其书稿《马伯乐》只写了上半部，自集诗稿在《一粒土泥》之后还有一些空白页，如果有稳定宁静的条件，应该还会继续充实和抄写下去。她生前用笔写下的最后遗言：『我将于蓝天碧水永处，留得那半部「红楼」给别人写了。半生尽遭白眼冷遇，……身先死，不甘，不甘。』[33] 充分昭示了她对自己未竟事业的雄心。

然而，正是因为这若干的未完成，造就了萧红。她的价值不在于完美的经典性，恰在于年轻而尚未达成，在于正在进行着的

32※ 萧红：《回忆鲁迅先生》，载《萧红全集》（下），哈尔滨出版社一九九一年版，第一一二九页。

33※ 骆宾基：《萧红小传》，建文书店一九四七年九月版，第一五六页。

生长性与当下性。生命永是现在的，即刻的，我们都曾经和正在遭遇这样的当下时刻。萧红深情地掬起生命之流的一个个刹那，给予全然关注，使其诗作所呈现的内在风景与人类的普遍情感相沟通，其诗性融化了中国新文学自诞生起便无法摆脱的对于时间性的焦虑，呈现出流转不定的现世此岸感。《萧红自集诗稿》，正如同作者本身的命运——一个未完成的召唤文本，而其创造力正蕴含在对一个个当下时刻的专注与表达中。

图书在版编目（CIP）数据

萧红自集诗稿 / 萧红著 ； 北京鲁迅博物馆编 .——
北京 ：北京出版社，2020.3
ISBN 978-7-200-13501-5

Ⅰ. ①萧… Ⅱ. ①萧… ②北… Ⅲ. ①诗集—中国—
现代 Ⅳ. ①I226

中国版本图书馆 CIP 数据核字（2017）第 266414 号

总 策 划　安东　高立志
责任编辑　司徒剑萍　白雪
责任印制　陈冬梅
装帧设计　张悟静

萧红自集诗稿

萧红 著　北京鲁迅博物馆 编

*

出　版　北京出版集团公司
　　　　北京出版社
地　址　北京北三环中路 6 号
邮　编　100120
网　址　www.bph.com.cn
总发行　北京出版集团公司
经　销　新华书店
印　刷　北京虎彩文化传播有限公司
开　本　889 毫米 ×1194 毫米　1/16
印　张　10
字　数　50 千字
版　次　2020 年 3 月第 1 版
印　次　2020 年 3 月第 1 次印刷
书　号　ISBN 978-7-200-13501-5
定　价　198.00 元
如有印装质量问题，由本社负责调换
质量监督电话：010 － 58572393